지금 여기가 맨 앞

이문재 시집

문학동네시인선 052 이문재

지금 여기가 맨 앞

시인의 말

10년 만에 묶는다. 네번째 시집 이후 생각이 조금씩 바뀌어왔다. 시란 무엇인가라고 묻는 대신 시란 무엇이어야 하는가라고 물었다. 시가 무엇을 할 수 있는가라고 묻지 않고 시가 무엇을 더 할 수 있는가라고 묻곤 했다. 시를 나 혹은 너라고 바꿔보기도 했다. 나는 무엇이어야 하는가. 우리는 무엇을 더 할 수 있는가.

그러다보니 지금 여기 내가 맨 앞이었다. 천지간 모두가 저마다 맨 앞이었다. 맨 앞이란 자각은 지식이나 이론이 아니고 감성에서 우러나왔을 것이다. 존경하는 친구가 말했듯이 지금 우리에게 필요한 것은 세계관(世界觀)이 아니고 세계감(世界感)이다. 세계와 나를 온전하게 느끼는 감성의 회복이 긴급한 과제다. 우리는 하나의 관점이기 이전에 무수한 감점(感點)이다.

세계감과 세계감이 어우러지는 가운데 우리가 바라마지 않는 새로운 세계관이 생겨날 것이다. 모든 것은 서로 연결되어 있다는 평범한 진리가 놀랍도록 새로운 의미를 갖게 될 것이다. 이렇게 모아놓은 조금은 낯선 낯익은 이야기가, 오래된 기도 같은 이야기가 다른 삶, 다른 세계를 상상하는 사람들과 손을 잡았으면 한다.

2014년 봄
이문재

차례

시인의 말 005

1부

사막 012
어떤 경우 013
오래된 기도 014
보름 016
봄날 017
아침 018
봄이 고인다 019
삼월에 내리는 눈 020
자유롭지만 고독하게 022
혼자만의 아침 024
봄 편지 026
봄날 2 028
독거(獨居) 030
탁발(托鉢) 032
달밤 034
큰 꽃 036
촛불 038
꽃멀미 040
봄날 입하 042
정말 느린 느림 044

모르는 척 045

2부
물의 결가부좌 048
천둥 051
여름잠 052
자작령 054
폭설 057
산촌(山村) 058
국수 생각 064
연금술 066
감각의 제국 068
생일 069
예술가 070
문자메시지 072
아직 멀었다 073
밖에 더 많다 074
그 많은 사실들, 그 많은 의문들 076
산세베리아 078
허리에게 말 걸기 080
너는 내 운명 083
코알라 생각 084

천렵 086

3부

사랑이 나가다 090
손은 손을 찾는다 092
손의 백서(白書) 094
아직 손을 잡지 않았다면 102
아주 낯선 낯익은 이야기 104
아주 낯선 낯익은 이야기 2 106
땅끝이 땅의 시작이다 108
벚꽃터널 112
풍란 이야기 114
민간인 117
보름달 떴다! 118
태양계 120
발이 쓰는 모자 122
천 개의 고원 124
집 126
밥 128
백서 130
백서 2 132
집이 집에 없다 134

누가 이 사람을 모르시나요 136
소 판 돈이 이쯤은 되어야 138
별똥별 140

4부

지금 여기가 맨 앞 142
바닥 143
금줄 144
비 온다 146
낙화 147
사막에 나무를 심었다 148
그래, 생각이 에너지다 152
도시귀농 프로젝트 154
내가 아는 자본주의 156
독실한 경우 157
오렌지 공포 158
바다는 매일 160
수처작주(隨處作主) 162
순례 164
지구인 168
내가 국경이다 169
아주 낯선 낯익은 이야기 3 170

디아스포라 172
다시 디아스포라 174
빨간 볼펜 176
즐거운 하루 178
우리는 섬나라 사람 180

해설 | 지금 여기가 맨 앞인 이유 183
| 신형철(문학평론가)

1부

사막

사막에
모래보다 더 많은 것이 있다.
모래와 모래 사이다.

사막에는
모래보다
모래와 모래 사이가 더 많다.

모래와 모래 사이에
사이가 더 많아서
모래는 사막에 사는 것이다.

오래된 일이다.

어떤 경우

어떤 경우에는
내가 이 세상 앞에서
그저 한 사람에 불과하지만

어떤 경우에는
내가 어느 한 사람에게
세상 전부가 될 때가 있다.

어떤 경우에도
우리는 한 사람이고
한 세상이다.

* 회기동 시장 골목을 지나다가 우연히 보았다. 입간판에 영어로 이렇게 쓰여 있었다. To the world you may be one person, but to one person you may be the world. —Bill Wilson

오래된 기도

가만히 눈을 감기만 해도
기도하는 것이다.

왼손으로 오른손을 감싸기만 해도
맞잡은 두 손을 가슴 앞에 모으기만 해도
말없이 누군가의 이름을 불러주기만 해도
노을이 질 때 걸음을 멈추기만 해도
꽃 진 자리에서 지난 봄날을 떠올리기만 해도
기도하는 것이다.

음식을 오래 씹기만 해도
촛불 한 자루 밝혀놓기만 해도
솔숲 지나는 바람 소리에 귀기울이기만 해도
갓난아기와 눈을 맞추기만 해도
자동차를 타지 않고 걷기만 해도

섬과 섬 사이를 두 눈으로 이어주기만 해도
그믐달의 어두운 부분을 바라보기만 해도
우리는 기도하는 것이다.
바다에 다 와가는 저문 강의 발원지를 상상하기만 해도
별똥별의 앞쪽을 조금 더 주시하기만 해도
나는 결코 혼자가 아니라는 사실을 받아들이기만 해도
나의 죽음은 언제나 나의 삶과 동행하고 있다는

평범한 진리를 인정하기만 해도

기도하는 것이다.
고개 들어 하늘을 우러르며
숨을 천천히 들이마시기만 해도.

보름

보름달은 온몸으로
태양을 정면한다.
자기를 가장 크게 하고
해를 쏘아본다.
등 돌리지 않고
어둠 한가운데서
어둠의 한가운데가 된다.

봄날

대학 본관 앞
부아앙 좌회전하던 철가방이
급브레이크를 밟는다.
저런 오토바이가 넘어질 뻔했다.
청년은 휴대전화를 꺼내더니
막 벙글기 시작한 목련꽃을 찍는다.

아예 오토바이에서 내린다.
아래에서 찰칵 옆에서 찰칵
두어 걸음 뒤로 물러나 찰칵찰칵
백목련 사진을 급히 배달할 데가 있을 것이다.
부아앙 철가방이 정문 쪽으로 튀어나간다.

계란탕처럼 순한
봄날 이른 저녁이다.

아침

서울청량초등학교
차량 통행을 막는 등교 시간
한 아이가 후문 쪽으로 걸어간다.
지각이 분명했다.

후문이 아니었다.
'달맞이문'이라는 돋을새김이
학교 이름보다 더 반짝였다.

아이는 걸어가면서
그림일기 숙제를 한다.
왼손으로 공책을 들고
오른손으로 사람을 그린다.
나무 두 그루에 새 몇 마리

아침 9시가 다 된 시간
활짝 열려 있는
달맞이문.

봄이 고인다

봄이 고이더라.
공중에도 고이더라.
바닥없는 곳에도 고이더라.

봄이 고여서
산에 들에 물이 오르더라.
풀과 나무에 연초록
연초록이 번지더라.

봄은 고여서
너럭바위도 잔뿌리를 내리더라.
낮게 갠 하늘 한 걸음 더 내려와
아지랑이 훌훌 빨아들이더라.
천지간이 더워지더라.

꽃들이 문을 열어젖히더라.
진짜 만개는 꽃이 문 열기 직전이더라.
벌 나비 윙윙 벌떼처럼 날아들더라.
이것도 영락없는 줄탁 줄탁이려니
눈을 감아도 눈이 시더라.
눈이 시더라.

* 김애란의 소설 중에 「침이 고인다」가 있다.

삼월에 내리는 눈

봄눈은 할말이 많은 것이다.
지금 봄의 문전에 흩날리는 눈발은
빗방울이 되어 떨어질 줄 알았던 것이다.
전속력으로 내리꽂히고 싶었던 것이다.

봄눈은 이런 식으로
꽃눈을 만나고 싶지 않았던 것이다.
땅의 지붕이란 지붕을 모두 난타하며
오래된 숲의 정수리들을 힘껏 두드리며
봄을 기다려온 모든 추위와 허기와
기다림과 두려움과 설렘 속으로
흔쾌하게 진입하고 싶었던 것이다.
모든 꽃눈을 흥건히 적시고 싶었던 것이다.

지상에서 지상으로 난분분
난분분하는 봄눈은
난데없이 피어난 눈꽃이다.
영문도 모른 채 빗방울의 꽃이 된 것이다.

꽃잎처럼 팔랑거리며
선뜻 착지하지 못하는 봄눈은
아니 비의 꽃은 억울해 너무 억울해서
쌩한 꽃샘바람에 편승하는 것이다.

비의 꽃은 지금 꽃을 제 안으로 삼키고
우박처럼 단단해지려는 것이다.

자유롭지만 고독하게*

자유롭지만 고독하게
자유롭지만 조금 고독하게

어릿광대처럼 자유롭지만
망명 정치범처럼 고독하게

토요일 밤처럼 자유롭지만
휴가 마지막 날처럼 고독하게

여럿이 있을 때 조금 고독하고
혼자 있을 때 정말 자유롭게

혼자 자유로워도 죄스럽지 않고
여럿 속에서 고독해도 조금 자유롭게

자유롭지만 조금 고독하게
그리하여 자유에 지지 않게
고독하지만 조금 자유롭게
그리하여 고독에 지지 않게

나에 대하여
너에 대하여
자유롭지만 고독하게

그리하여 우리들에게
자유롭지만 조금 고독하게.

* '자유롭지만 고독하게'는 브람스가 자신의 바이올린 소나타에 붙인 악상기호다.

혼자만의 아침

—빛과 소금 1

오늘 아침에 알았다.
가장 높은 곳에 빛이 있고
가장 낮은 곳에 소금이 있었다.

사랑을 놓치고
혼자 눈뜬 오늘 아침에 알았다.
빛의 반대말은 그늘이 아니고
어둠이 아니고 소금이었다.
언제나 소금이었다.

정오가 오기 전에 알았다.
소금은 하늘로 오르지 않는다.
소금은 빛으로부터 가장 먼 곳에서
세상 가장 낮은 곳으로 가라앉는
가장 무거운 앙금이다.

소금은 오직 해를 바라보면서
소금기 다 뺀 물의 잔등을 떠미는 것이다.
가장 높은 곳을 올려다보며
가장 높은 곳으로 올려보내는 것이다.
소금은 있는 힘껏 빛을 끌어안았다가
있는 힘을 다해 흔적을 남기지 않는 것이다.
그리고 단 하나의 마음으로 남는 것이다.

내가 놓친 그대여
저 높은 곳에서 언제나 빛인 그대여.

봄 편지

사월의 귀밑머리가 젖어 있다.
밤새 봄비가 다녀가신 모양이다.
연한 초록
잠깐 당신을 생각했다.

떨어지는 꽃잎과
새로 나오는 이파리가
비교적 잘 헤어지고 있다.

접이우산 접고
정오를 건너가는데
봄비 그친 세상 속으로
라일락 향기가 한 칸 더 밝아진다.

스마트폰으로
동영상을 찍으려다 말았다.

미간이 순해진다.
멀리 있던 것들이
어느새 가까이 와 있다.

저녁까지 혼자 걸어도
유월의 맨 앞까지 혼자 걸어도

오른켠이 허전하지 않을 것 같다.

당신의 오른켠도 연일 안녕하실 것이다.

봄날 2

봄이
새끼발가락 근처까지 왔다.
내 안에 들어 있던
오랜 어린 날이
가만히 고개를 내민다.
까치발을 하고 멀리 내다본다.
봄날이 환하다.

내 안에 들어 있던
오랜 죽음도 기지개를 켠다.
내 안팎이
나의 태어남과 죽음이
지금 여기에서 만나고 있다.
그리 낯설지 않다.

봄날이 넓어지고 깊어진다.
흙냄새가 바람에
바람이 흙냄새에 얹혀진다.
햇살이 봄날의 모든 곳으로
난반사한다 봄날의 모든 것이
서로 반가워한다.

나는 내가 아니다.

나는 우리 우리들이다.
새끼발가락이 간지러운 이른 봄날
나는 이렇게 우리다.
우리가 이렇게 커질 때가 있다.

독거(獨居)

강 건너가 건너온다.

누가 끌배를 끌고 있다.

물안개의 끝이 물을 떠난다.

봄이 봄의 안쪽으로 들어선다.

나무 타는 단내가 봄빛 속으로 스며든다.

내륙이 온통 환해지고 있다.

황급히 속옷을 챙겨 입던

간밤 꿈이 생생하다.

내가 홀로 서지 못해

내가 이렇게 홀로 있는 것이다.

냉이 씻어 고추장에 버무린다.

물길 따라 달려가던 능선들이

문득 눈을 맞추며 멈춰 선 곳

바람결에 아라리를 배우는 곳이다.

끌배가 끊어진 길을 싣고 있다.

강의 이쪽을 끌며 건너오고 있다.

외로울 때면 양치질을 했다는

젊은 스님이 생각났다.

탁발(托鉢)

공중에 박혀 있던
매 한 마리
수직으로 내리꽂힌다.
순간 시속 300km!
하늘이 매를 놓친 것이다.

날개를 최대한 접고
뼛속을 죄다 비우고
오직 두 눈과 부리가 이루는
날카로운 삼각형으로
중력을 추월한 자리!
깜짝 놀란 공기들이
찰과상을 심하게 입었다.
찢겨져나간 데도 있다.

팔랑팔랑
꼬리 깃털 두어 개
닭 한 마리 사라진
마당 어귀로 떨어진다.

백두대간이 와불처럼
오른쪽 턱을 괴고 있는
하늘 아래 첫 동네

배가 불룩한 황소 한 마리
꼬리로 자기 잔등을 친다.
산맥과 골짜기가 아까보다
조금 더 부풀어 있다.

오월 한낮
자기 몸을 바랑에 넣은
탁발승이 고개를 넘는다.

달밤

은어떼 올라온다는데
열나흘 달빛이 물길 열어준다는데
누가 제 키보다 큰 투망을 메고
불어나는 강가에 서 있는데
물그림자 만들어놓고 나무들 잠들어
북상하던 꽃소식도 강가에 누웠는데
매화 꽃잎 몇 장 잊었다는 듯
늦었다는 듯 수면으로 뛰어드는데
누군가 떠나서 혼자 남은 사람

여울 여울물 속은 들여다보지 않고
달빛 속에서 달빛 속으로
휘익 그물을 던지는 것인데
공중에서 끝까지 펴진 그물이
여름 꽃처럼 만개한 그물이
순간 수면을 움켜쥐는 것인데
움켜쥐자마자 가라앉는 것인데
시린 세모시 치마 한 폭
물속에 잠기는 것 같았는데
달빛도 뒤엉켜 뛰어드는 것 같았는데

은어떼 다 올라간 봄날
누군가 돌아오지 않아

내내 혼자였던 사람
투망에 걸려 둥실 떠올랐다는데.

큰 꽃

꽃을 내려놓고
죽을힘 다해 피워놓은
꽃들을 발치에 내려놓고
봄나무들은 짐짓 연초록이다.

꽃이 져도 너를 잊은 적 없다는
맑은 노래가 있지만
꽃 지고 나면 봄나무들
제 이름까지 내려놓는다.
산수유 진달래 철쭉 라일락 산벚—
꽃 내려놓은 나무들은
신록일 따름 푸른 숲일 따름

꽃이 피면 같이 웃어도
꽃이 지면 같이 울지 못한다.
꽃이 지면 우리는 너를 잊는 것이다.
꽃 떨군 봄나무들이
저마다 다시 꽃이라는 사실을
저마다 더 큰 꽃으로 피어나는 사태를
눈 뜨고도 보지 못하는 것이다.

꽃은 지지 않는다.
나무는 꽃을 떨어뜨리고

더 큰 꽃을 피워낸다.
나무는 꽃이다.
나무는 온몸으로 꽃이다.

촛불

촛불은
언제나 자기 몸의 맨 위
자기 몸의 한가운데
살아 있다.

촛불은
언제나 자기 생의 절정을
자기 생으로 녹여낸
눈물의 한가운데다.

촛불은
언제나 자기 몸의 가장 환한 곳
가장 높은 곳이다.
그래서 흔들리는 것이다.

오로지
자기 몸에 뿌리내리는 꽃
그래서 촛불은 언제나 낮아진다.
언제나 낮아지면서도
언제나 자기 몸에서 가장 높은 곳

촛불은
가장 높은 곳에서 태어나

가장 낮은 곳에서 사라진다.
자기 몸을 전부 눈물로
자기 눈물을 전부 불로 빛으로
자기 생을 끝까지
전부 꽃으로 피워낸다.

꽃멀미

철쭉이 흰 철쭉꽃을 피워올렸다. 겨우내 비어 있던 아파트 화단이 빵처럼 부풀어올랐다. 눈이 부셨다. 어찔했다. 꽃멀미 꽃멀미였다.

철쭉한테는 꽃 핀 데가 해발의 끝이었다. 흰 꽃들은 저마다 목숨을 내걸고 봉기(蜂起) 발기(勃起) 궐기(蹶起) 중이었다. 흰 꽃들이 있는 힘껏 제 몸을 열어놓고 있었다. 더이상 어쩔 수 없는 만개(滿開)였다.

잎사귀들이 봄볕을 몇 그램씩 더 빨아들이고 실뿌리들이 몇 시시씩 물을 더 길어올리는 동안 꽃들은 안달이 나 있는 것이었다.

암술 하나에 기다란 수술 열 개 남짓 서로 빤히 쳐다보면서도 서로 뜨거워져 있으면서도 서로 만날 수가 없어 미쳐가는 것이었다 숨이 다 넘어가는 것이었다.

암술과 수술 사이 속눈썹만한 저 가냘픈 거리가 세상에서 가장 안타까운 거리였다.

어지러워 꽃멀미에 지쳐 어지러워 아파트 화단에 앉아 있는데 횡단보도 건너 편의점 끼고 돌아 주차장 가로질러 분리수거함 세발자전거 유모차 위로 앵앵 윙윙 사이렌 소리

벌들이 돌진하고 있었다. 나풀거리는 나비도 전속력이었다.

나도 모르게 벌떡 일어났다. 손뼉을 쳤다.

봄날 입하

초록이 번창하고 있다.
초록이 초록에게 번져
초록이 초록에게 지는 것이다.

입하(立夏)다.
늦은 봄이 넌지시
초여름의 안쪽으로 한 발
들여놓는 것이 아니다.
여름이 우뚝 서는 것이다.

아니다.
늦어도 많이 늦은
떠났어도 벌써 떠났어야 하는
늦은 봄이 모르는 척
여름에게 자리를 물려주는 것이다.
초록이 초록에게 져주는 것이다.

죽는 것은
제대로 죽어야 죽는다.
죽은 것은 언제나 죽어 있어야 죽음이다.
죽어서 죽는 것이 기적이다.

초록에서 초록으로

이별이 발생한다.
이토록 신랄하고 적나라하지 않다면
이별은 이별이 아니다.
오늘 여기 입하
지금 여기 이렇게 눈부시다.

정말 느린 느림

창밖에, 목련이 하얀 봉오리를 내밀고 있었습니다. 목련꽃 어린 것이 봄이 짜놓은 치약 같다는 생각이 들었는가 싶었는데, 이런, 늦잠을 잔 것이었습니다. 양치질할 새도 없이 튀어나왔습니다.

그러고 보니 모든 뿌리들은 있는 힘껏 지구를 움켜쥐고 있었습니다. 태양 아래 숨어 있는 꽃은 없었습니다. 꽃들은 저마다 활짝 자기를 열어놓고 있었습니다. 분명한 호객행위였습니다.

만화방창, 꽃들이 볼륨을 끝까지 올려놓은 봄날 아침, 나는 생명에 가담하지 못하고 있었습니다. 어서, 도심으로 빨려들어가야 했습니다. 자유로로 접어들자 차가 더 막혔습니다. 흐르는 강물보다 느렸습니다.

느린 것은 느려야 한다, 느려져야 한다고 다짐하는 내 마음뿐, 느림, 도무지 느림이 없었습니다. 자유로운 자유*가 없는 것처럼, 정말 느린 느림은 없었습니다.

나는, 나를 너무 많이 사용하고 있었습니다.

* 윤호병, 『아이콘의 언어』, 문예출판사, 2001.

모르는 척

감나무가, 감 꽃잎 놓아준 자리마다 감 빚어내기 바쁜 감나무가, 매미를 위해 곧추서 있을 리 만무하다.

기껏해야 이레쯤이니, 날개 닳아 없어질 때까지 맘껏 울고 가도 좋다고, 감나무가 저렇게 우두커니 서 있을 리 만무하다.

매미도 그렇다, 일곱 해를 땅속에서 난 매미가, 여린 날개 말리며 감나무로 오른 매미가 우화등선하기 위해 우는 것은 아니다.

일곱 날을 낮밤 안 가리고, 죽어라 죽어라 죽어라 우는 것은 오직 짝을 얻기 위한 것, 짝을 짓기 위한 것, 깨끗이 말라 죽기 위한 것.

감 익으면 내려놓아야 할 감나무는, 그래서 모르는 척하는 것이다.

마른 껍질 벗어야 할 매미도, 그래서 짐짓 미안하지 않은 척하는 것이다.

피고 지고 울고불고 익어가고 말라가도, 여름은 아무렇지도 않은 척하는 것이다.

읽던 책을 덮고 스위치를 내리고, 나는 덥지 않은 척하는 것이다.

2부

물의 결가부좌

거기 연못 있느냐.

천 개의 달이 빠져도 꿈쩍 않는, 천 개의 달이 빠져나와도 끄떡 않는 고요하고 깊고 오랜 고임이 거기 아직도 있느냐.

오늘도 거기 있어서

연의 씨앗을 연꽃이게 하고, 밤새 능수버들 늘어지게 하고, 올여름에도 말간 소년 하나 끌어들일 참이냐.

거기 오늘도 연못이 있어서

구름은 높은 만큼 깊이 비치고, 바람은 부는 만큼 잔물결 일으키고, 넘치는 만큼만 흘러넘치는, 고요하고 깊고 오랜 물의 결가부좌가 오늘 같은 열엿샛날 신새벽에도 눈 뜨고 있느냐.

눈 뜨고 있어서, 보름달 이우는 이 신새벽

누가 소리 없이 뗏목을 밀지 않느냐, 뗏목에 엎드려 연꽃 사이로 나아가지 않느냐, 연못의 중심으로 스며들지 않느냐, 수천수만의 연꽃들이 몸 여는 소리 들으려, 제 온몸을 넓은 귀로 만드는 사내, 거기 없느냐.

어둠이 물의 정수리에서 떠나는 소리

달빛이 뒤돌아서는 소리, 이슬이 연꽃 속으로 스며드는 소리, 이슬이 연잎에서 둥글게 말리는 소리, 연잎이 이슬방

울을 버리는 소리, 연근이 물을 빨아올리는 소리, 잉어가 부레를 크게 하는 소리, 진흙이 뿌리를 받아들이는 소리, 조금 더워진 물이 수면 쪽으로 올라가는 소리, 뱀장어 꼬리가 연의 뿌리들을 건드리는 소리, 연꽃이 제 머리를 동쪽으로 내미는 소리, 소금쟁이가 물위를 걷는 소리, 물잠자리가 제 날개가 있는지 알아보려 한번 날개를 접어보는 소리—

소리, 모든 소리들은 자욱한 비린 물냄새 속으로

신새벽 희박한 빛 속으로, 신새벽 바닥까지 내려간 기온 속으로, 피어오르는 물안개 속으로 제 길을 내고 있으리니, 사방으로, 앞으로 나아가고 있으리니.

어서 연못으로 나가 보아라.

연못 한가운데 뗏목 하나 보이느냐, 뗏목 한가운데 거기 한 남자가 엎드렸던 하얀 마른 자리 보이느냐, 남자가 벗어놓고 간 눈썹이 보이느냐, 연잎보다 커다란 귀가 보이느냐, 연꽃의 지문, 연꽃의 입술 자국이 보이느냐, 연꽃의 단냄새가 바람 끝에 실리느냐.

고개 들어 보라.

이런 날 새벽이면 하늘에 해와 달이 함께 떠 있거늘, 서쪽에는 핏기 없는 보름달이 지고, 동쪽에는 시뻘건 해가 떠오르거늘, 이렇게 하루가 오고, 한 달이 가고, 한 해가 오고,

모든 한살이들이 오고가는 것이거늘, 거기, 물이, 아무 일도 아니라는 듯, 다시 결가부좌 트는 것이 보이느냐.

천둥

마른 번개가 쳤다.
12시 방향이었다.

너는 너의 인생을 읽어보았느냐.
몇 번이나 소리 내어 읽어보았느냐.

여름잠

비탈밭 옥수수가 휘청거린다.
목계 쪽에서 넘어오는 바람이 찰지다.
하지 때 들어와 웅크리고 있다보니
시계가 없어도 지낼 만하다.
한 칸 컨테이너가 그새 옛집 같아졌다.
직육면체 안팎으로 여름이 치열하다.
사흘 동안 골짜기를 빠져나간 것이라곤
찰옥수수 가득 실은 일 톤 트럭 한 대뿐

어쩌자고 같은 말은 하지 않기로 한다.
또 한바탕 들이퍼부으려는지
귀래 쪽 능선이 빠르게 어두워진다.
서울에 두고 온 걱정은 퉁퉁 불어 있을 것이다.
무릎 껴안고 발톱 깎다가 문득 보았다.
두루미 한 마리 솔숲으로 향하는데
하얀 날갯짓이 괜찮다 괜찮다 말하는 것 같았다.
며칠째 약 먹을 시간을 놓치고 있다 후둑

후두두둑, 솨아 솨아아아아아
아아아아아아— 넓어질 대로 넓어진 활엽들이
세찬 빗줄기를 받아내며 일제히 도리질을 한다.
잎사귀들이 뭔가 울컥울컥 토해내는 것 같다.
컨테이너 속의 나도 난타당한다.

게릴라성 호우는 매번 가차없다.

치악산 쪽 하안거(夏安居)는 흉내낼 수도 없고
겨울잠도 어림없는 소리
그래 이 느닷없는 산거(山居)를
하면(夏眠), 여름잠이라고 부르자.
난생처음으로 잠에 집중해보는 것이다.
동지 때까지 휴대전화 전원을 더 꺼놓기로 하자.
그래서 그리고 그런데 따위의 말은 쓰지 않기로 하자.

자작령

나무십자가 소년합창단을 크게 틀어놓고
오월 초순에서 치고 올라가는 것이다.
자작나무가 촘촘하대서 고개 이름이 자작령
자작령 영마루에 먼저 가 있으려는 것이다.
강 한가운데 따라 그어진 도계(道界)를 넘을 때
간밤 어금니 빠진 꿈을 잠들기 이전으로 던져버리고
나는 지금 여기에 몰입하려고 애를 썼다.
바다로 넘어가는 길과 강의 상류에서 내려오는 길이
열십자로 만나는 곳에서 안개가 산안개로 바뀌었다.
전조등 불빛이 안개를 뚫지 못하고 난반사한다.
소실점들이 한꺼번에 차창을 덮는다.
소년합창이 오르내리는 하모니와 옥타브에 집중한다.
햇빛이 계곡을 들여다보기만 하면
산안개 순식간에 걷히고 시야가 트이리라.
길섶으로 자작나무 하얀 줄기가 보이기 시작한다.
자작령이다 자작령 고갯길은 파고들 수 있을 때까지
산의 가슴팍을 파고든 다음에야 커브를 틀었다.
놓아버리고 싶을 때 놓아버리는 사랑이 어디 있으랴
자작령 너머에서 넘어오는 누군가에게는 내리막일
오르막은 굽이가 심해 멀미가 날 지경이다.
귀가 뻥 뚫리는가 싶더니 햇살 한 무더기가 쏟아졌다.
오월 초순의 산들은 두드러기가 덧난 듯 부풀어
씩씩거리며 더운 김을 피워올리고 있었다.

마음은 벌써 자작령 영마루로 치고 올라간다.
하지만 기린의 기관지처럼 구부러져 있는 오르막길은
직선을 버리라 한다. 치고 오르는 성깔을 버리라 한다.
핸들을 끝까지 돌렸다가 다시 끝까지 돌리며
잔뜩 앙다물었던 하악골을 좌우로 흔들어 풀어놓고
나무십자가 소년합창의 공명을 다시 따라간다.
천천히 가자 마음아 몸과 더불어 천천히 오르자.
어느 틈에 소실점들이 사방팔방으로 튀어나가 있었다.
놓치고 싶은 곳에서 놓치는 사랑이 가능하겠느냐.
너보다 우리보다 내가 먼저 자작령에 닿아야 한다.
영마루에 다 와가는지 굽이가 느슨해지고
자작나무 흰 줄기 사이로 순한 연두가 번지고
오월 초순의 햇살은 일제히 수직에 가까워지고
마음은 몸 곁에서 한 뼘도 떨어지지 않는다.
자작령은 가장 높은 곳에서 굽이를 버리고
긴 경사를 버리고 접시안테나 같은 우묵한 분지였다.
너보다 우리보다 내가 먼저 온 것이다.
자작령이 다시 급한 경사와 굽이를 시작하기 전에
내가 먼저 무릎 꿇어 엎드려야 하는 것이다.
접시 같은 분지가 한곳에 초점을 만들어놓고 있었다.
보이지 않는 저 한 점이 자작령 정수리였다.
산탄처럼 퍼져나가던 빛이 한 점에서 만나고 있었다.
빛이 다시 모여 뜨거운 강렬한 열로 만나고 있었다.

내가 먼저 저 한 점에다 죄다 꺼내놓았으니
죄보다 독했던 오해에서 치명적이었던 무관심까지
본능보다 깊숙했던 욕심까지 다 끄집어내 불태웠으니
나였던 모든 것을 바치고 무릎 꿇었으니
오라 직선으로 치고 오지 말고 굽이와 경사를 따라오라.
네가 너였던 우리가 우리였던 것 그대로
어서 오라 자작령 영마루 옴팡한 정수리로 오라.
빛이 다시 열로 만나는 한 점 작은 태양으로 오라.
새로 태어난 새카만 흰 태양으로 오라.

폭설

소나무숲이 도리질을 한다 며칠 만인가 동남쪽 하늘이 열린다.

아주 먼 데 갔다가 돌아오는 듯 영(嶺) 너머에서 해 넘어온다.

하늘 아래 첫 동네 솔숲 아래로 후두둑 젖은 눈 떨어진다.

발 묶였던 전신주 다시 대열을 갖추고 미시령은 바리케이트를 치운다.

아직도 화가 풀리지 않은 듯 솔숲은 몇 번씩 몸서리를 친다.

수삼 년 베트남 처녀랑 알캉달캉 살다가 다시 홀로된 박씨

우당탕탕 트랙터 몰고 나간다 허리까지 찬 눈 치우러 나간다.

눈 치워놔야 차 들어온다고 부릉부릉 덜컹덜컹 눈 치우러 나간다.

매 한 마리 하늘 아래 첫 동네 하늘 꼭대기에 박혀 있다.

산촌(山村)

*

터널이 뚫리고 나서부터
새소리가 절반으로 줄었다.
강원도 왼쪽 어깨 위로
아침 무지개가 걸렸다.

*

겨울잠에서 깨어난 곰이
제일 먼저 먹는다는 곰취
토박이 강씨가 펜션 마을
한가운데 곰취를 심었다.
집보다 무덤보다
펜션이 더 많은 계곡
마른 장마 끝에
곰취가 진노랑 꽃을 피워올렸다.
그보다 먼저 푯말 몇 개 꽂혔다.
농약 많이 쳤으니 따먹지 마시오.

*

우주에 갔다 오면

우주인이라고 부른다.
나는 베트남 오키나와
사할린 운남 연변 모스크바
유럽에 갔다 왔으니
베트남인 운남인 유럽인인가.
아니다 그보다 먼저
무엇보다 먼저
나는 지구인이다.
우주에 갔다 오지 않았으니
더더욱 지구인이다.

*

산안개 지독하다.
산마루 천문대가 보이지 않는다.
낙석주의 표지판 보이지 않는다.
안개등 켜고 천천히 올라가는데
고라니 너구리 살모사 두꺼비 개구리
지렁이 죽은 자국 보이지 않는다.
장수 마을이 많다는 해발 7백 미터
증권사 다니다 귀농한 심마니
내비게이션을 보고 있다.

*

내 몸안으로
매일 매 순간 지구가 들어온다면
그리하여 내가 지구라면
내 살갗에 붙어사는 인간들은
아예 보이지조차 않으리라.
내 피를 빨아먹는 모기 한 마리
지구에 빨대를 꽂고 있는 유전들을
모두 합한 것보다 거대하리라.
매 순간 지구가 들어왔다가 나가고
매 순간 지구가 나갔다가 들어와
내 몸이 지구라면
감기나 습진 위장병 암 에이즈 광우병은
얼마나 자연스러운 것인가.

*

무소유란
아무것도 소유하지 않는 것이 아니라
꼭 필요한 것만 소유하는 것이라고 한다.
무소유란
가질 수 있는 능력이 충분한데도

가지지 않는 것이라는 소리도 들었다.
매 한 마리 높이 떠 있다.
여름 지난 뱀들 통통해져 있다.
까치밥 홍시 저 혼자 물컹해져 있다.
가을 강 잘 말라 있다.
나 그토록 가지려 했으나
소유하지 못한 것 하나 있으니
다름 아닌 무소유였다.

*

나무는 흔들릴 때
온몸으로 흔들린다.
바람이 클수록
바람이 오래갈수록
나무는 온몸으로 흔들린다.
온몸으로 흔들릴 때 나무는
바람 부는 쪽을 바라보며 흔들린다.
바람 부는 쪽으로 나아갔다가 물러선다.
물러섰다가 다시 나아간다.
바람에게서 눈을 떼지 않는다.
나무는 온몸으로 흔들리면서도
가지는 저마다 다르게 흔들린다.

바람의 힘에 민감하게 반응하는 것이다.
나무가 흔들리면 숲 전체가 흔들린다.
숲 전체가 흔들릴 때
나무들은 또 저마다 다르게 흔들린다.
저마다 다르게 바람의 말을 알아듣는 것이다.
나무는 온몸으로 흔들린다.
저렇게 흔들리면서도 넘어지지 않는다.
지상의 나무보다 더 크고 깊은
나무보다 더 높은 뿌리가 있기 때문이다.
두 눈 뜨고 있기 때문이다.

*

옥수수 찌는 냄새
우즈베키스탄 며느리가
경운기를 몰고 나간다.
폐교에 어린이 캠프 현수막
햇볕은 찰지고
계곡물 불어나 있고
바람은 윤택하고
늙은 사람은 조금 더 늙고
서울 일은 서울 일
지구는 약간 기울어 있고

나는 아직 여기에 다 있지 못하고
내일은 아직 내일.

국수 생각

툇마루 깊숙이 들어와 안방 천장에서
어룽거리는 오뉴월 햇볕은 모른 척해도 괜찮고
멀리 바다 쪽으로 나아가다 제 발로 멈추는
준평원 게으른 산등성이 위로 스르르 풀어지는
미주 항로 비행운의 앞쪽은 짐짓 바라보지 않기로 하고

멸치국물 우려낼 때는 멸치한테 미안하고
애호박 송송 썰 때는 윙윙대던 벌떼들이 다 고맙고
너무 밝아서 성냥 불꽃이 잘 안 보여도 뭐 괜찮고
정오에 이렇게 밖에 나와 있는 것들은
모두 제 그림자에 집중하고 있어서 다들 말끔하고
화덕 한입 가득 집어넣은 보릿단 타닥타닥

늘 듣기 좋은 소리만 하는 음악방송 볼륨은
낮추는 게 좋겠다 몇 번 겪어봐서 알지만
아픈 사람이 듣기에는 너무 아픈 좋은 소리들이므로
신갈나무 숲에서 오리나무가 있는 저수지에서
뻐꾸기 뻐꾸기 울 때가 되었는데
뻐꾸기 소리쯤은 버들피리 소리와 함께
휴대전화로 들려줄 수 있을 것 같다.

바지락은 바지락바지락 씻어놓았겠다.
성난 놈으로만 골라낸 청양고추는 꼬리까지 빳빳하고

보름에 다 와갈 때 캤다는 바지락 속살하고
이틀 남짓 숙성시킨 반죽하고 고루 탱탱하니
이제 나무젓가락 들고 이마 맞대고 후루룩후루룩
맑으면서도 맵싸하고 칼칼하면서도 그윽한 국물에다
식으면 조금 서글퍼지는 밀가루 내음이 어우러질 것인데

그러할 참인데 이렇게 오뉴월 백주대낮에
혼자 중얼대며 혼자서 바지락 칼국수 끓여먹는
이 중년은 누구인가 이 중년인 것은 대체 어디서 온 것인가.
휴대전화에 저장된 아내와 아들딸 사진을 들여다보다가
미국 동북부 주소 번지수까지 몇 번 외워보다가
눈썹 옆 송글송글한 땀방울 훔쳐대다가 콧물을 훌쩍거리다가
제국 항로 비행운 사라진 하늘 한가운데를
올려다보는 회복기 기러기아빠의 한낮—
너무 환해서 캄캄한 한낮의 바깥에서 뻐꾸기 운다.

연금술

배추는 굵은 소금으로 숨을 죽인다.
미나리는 뜨거운 국물에 데치고
이월 냉이는 잘 씻어 고추장에 무친다.
기장멸치는 달달 볶고
도토리묵은 푹 쑤고
갈빗살은 살짝 구워내고
아가미 젓갈은 굴 속에서 곰삭힌다.
세발낙지는 한 손으로 주욱 훑고

안치고, 뜸들이고, 묵히고, 한소끔 끓이고
익히고, 삶고, 찌고, 지지고, 다듬고, 다지고, 버무리고
비비고, 푹 고고, 빻고, 찧고, 잘게 찢고
썰고, 까고, 갈고, 짜고, 까불고, 우려내고, 덖고
빚고, 졸이고, 튀기고, 뜨고, 뽑고, 어르고
담그고, 묻고, 말리고, 쟁여놓고, 응달에 널고
얼렸다 녹이고 녹였다가 얼리고

쑥 뽑아든 무는 무청부터 날로 베어먹고
그물에 걸려 올라온 꽃게는 반을 뚝 갈라 날로 후루룩
알이 잔뜩 밴 도루묵찌개는 큰 알부터 골라먹고
이른봄 두릅은 아침이슬이 마르기 전에 따되
겨우내 굶주린 짐승들 먹을 것은 남기고
바닷바람 쐬고 자란 어린 쑥은 어머니께 드리고

청국장 잘 뜨는 아랫목에 누워
화엄경 읊조리던 그런 날들이 있었다.

감각의 제국

유월의 저녁, 논에서 날아오르는 백로 날갯짓
흰색 하복 상의 왼쪽 명찰 아래 파란 잉크 자국
분홍 양산, 일본서 살다가 온 큰이모가 봄날이면 쓰던
뻐꾸기 소리, 뻐꾸기 소리 잡아먹던 매미, 매미 소리
꿈에서도 벌떡 일어서는 훈련소 기상나팔 소리
여자상업학교 후문, 눈이 시리던 라일락꽃 향기
아카시아꽃, 그 아이가 몰래 입에 넣어주던
한밤중 시골집 오래된 괘종시계 똑딱 소리
역광을 받아 뽀얗게 빛나던 그대 귓바퀴 솜털
주룩, 아침 눈밭에 쏟아지던 코피
망사처럼 갈라지던 그대 복숭아뼈 아래 정맥
신새벽 수은 같은 수면 위에 가만히 떠 있는 야광 찌
명사산 위로 쏟아지던 폭설 같은 별빛들
한여름 밤, 고개 넘다 문득 마주친 수천 평 도라지 꽃밭
첫 딸아이가 마당 한 귀퉁이에 싼 노란 똥 봉오리
그리고 신혼 초, 아내가 된 그녀 입에서 튀어나온 한마디, 나쁜 자식
피가 흐르는 왼쪽 팔목에 뿌려지던 고운 소금 한 줌
그리고 그렇게 흘러가고, 그렇게 흘러온 15년
너, 정말 나쁜 새끼야, 가정법원 나오다가 다시 들은 그 한마디.

생일

생일 아침
미역국 받아놓고 생각느니
1959년 이래 쉰세 해
쉰세번째 가을

그러고 보니
오늘 나와 함께 태어난
내 죽음도 쉰세 살
내 죽음도 쉰세번째 가을
어서 드시게

오늘은
꾹 참고 나를 보살펴준
내 죽음과
오붓하게 겸상하는 날
일 년 내내 잊고 지내
미안해하는 날
고마워하는 날.

예술가*

1890년 7월 27일
프랑스 오베르 성 근처 초라한 여인숙 다락방
한 화가가 조심조심 권총을 꺼내들고 있었다.
한밤중에 해바라기가 다투어 피고
시퍼런 별빛들이 샛노란 소용돌이를 치며 달겨들었다.
그리고 한 발의 총성.

고흐, 빈센트 반 고흐는 이틀 뒤
동생 테오의 품에서 눈을 감았다.
고흐, 빈센트 반 고흐에게는 테오에게 부치려던 편지가 있었다.
고흐, 빈센트 반 고흐의 마지막 편지는 돈을 보내달라는 것이었다.

그림 그릴 돈이 필요하다고,
정말 미안하지만 돈을 더 보내달라고,
돈을 빌려주면 반드시 갚겠다고,
돈을 갚지 못하면 영혼이라도 팔겠다고……

백 년이 더 지나 21세기로 접어들었어도
고흐, 빈센트 반 고흐의 영혼의 가격을 아는 사람은 아무도 없었다.

* 김종삼의 「민간인」을 밑그림 삼았다. 「민간인」 전문은 다음과 같다. "1947년 봄/ 심야/ 황해도 해주의 바다/ 이남과 이북의 경계선 용당포// 사공은 조심조심 노를 저어가고 있었다./ 울음을 터뜨린 한 영아(嬰兒)를 삼킨 곳./ 스무 몇 해나 지나서도 누구나 그 수심(水深)을 모른다."

문자메시지

형, 백만 원 부쳤어.
내가 열심히 일해서 번 돈이야.
나쁜 데 써도 돼.
형은 우리나라 최고의 시인이잖아.

아직 멀었다

지한철 광고에서 보았다.

인디언들이 기우제를 지내면 반드시 비가 옵니다.
그 이유는, 인디언들은 비가 올 때까지
기우제를 지내기 때문입니다.

하늘은 얼마나 높고
넓고 깊고 맑고 멀고 푸르른가.

땅 위에서
삶의 안팎에서
나의 기도는 얼마나 짧은가.

어림도 없다.
난 아직 멀었다.

밖에 더 많다

내 안에도 많지만
바깥에도 많다.

현금보다 카드가 더 많은 지갑도 나다.
삼 년 전 포스터가 들어 있는 가죽가방도 나다.
이사할 때 테이프로 봉해둔 책상 맨 아래 서랍
패스트푸드가 썩고 있는 냉장고 속도 다 나다.
바깥에 내가 더 많다.

내가 먹는 것은 벌써부터 나였다.
내가 믿어온 것도 나였고
내가 결코 믿을 수 없다고 했던 것도 나였다.
죽기 전에 가보고 싶은 안데스 소금호수
바이칼 마른풀로 된 섬
샹그릴라를 에돌아가는 차마고도도 나다.
먼 곳에 내가 더 많다.

그때 힘이 없어
용서를 빌지 못한 그 사람도 아직 나다.
그때 용기가 없어
고백하지 못한 그 사람도 여전히 나다.
돌에 새기지 못해 잊어버린
그 많은 은혜도 다 나다.

아직도
내가 낯설어하는 내가 더 있다.

그 많은 사실들, 그 많은 의문들*

물론 나는 알고 있다.
오직 운이 좋았던 덕택에
나는 그 많은 친구들보다 오래 살아남았다.
그러나 지난밤 꿈속에서 친구들이
나에 대하여 이야기하는 소리가 들려왔다.
"강한 자는 살아남는다."
그러자 나는 자신이 미워졌다.**

서정시를 쓰기 힘든 시절***
나는 오직 운이 좋았던 덕분에
그 많은 친구들의 장례식에 참석할 수 있었다.
나 한때 서사극 언저리를 기웃거렸고
몇 권의 시집을 펴냈지만
파시즘에 의해 불태워지지 않았다.
외국으로 망명하지도 않았다.
작품에 몰입하는 독자들을 일깨우지도 않았다.

서정시를 읽기 힘든 시절
친구를 묻고 돌아올 때마다
망자들이 남긴 유언이 이명처럼 들려왔다.
"너는 강해서 살아남은 것이 아니다.
살아남았기 때문에 너는 강해져야 한다."
그러자 나는 내가 두려워졌다.

서정시를 기억하기 힘든 시절
강해지려면 내가 더욱 민감해지고
더욱 민첩해져야 하기 때문이다.

* 베르톨트 브레히트가 1939년에 발표한 시 「어떤 책 읽는 노동자의 의문」 마지막 구절이다.
** 브레히트가 1944년에 발표한 시 「살아남은 자의 슬픔」 전문.
*** 브레히트가 1939년에 발표한 시의 제목(이상 김광규 역).

산세베리아

햇볕이 들지 않는 북향
키울 수 있는 화초는 산세베리아뿐
왼쪽은 철학관 맞은편은 기러기아빠
일곱 평짜리 오피스텔 9층
나는 밤새 전자파와 이산화탄소를 방출하고
산세베리아는 오염 물질을 흡수했다.
전자레인지에 햇반을 데우다가 문득
그때 내가 애달파했던 것이 더이상
상스러워지지 않았으면 한다는 생각을 했다.
나를 따라 들어온 길의 한 끝이
접이식 침대에 앉아 있다 오래되었다.
라디오에서 1960년대 홍콩을 무대로 한 영화의
배경음악이 흘러나오고 있었다.
그 사람은 야곱이 걸었던 순례자의 길을
걷고 싶어했다 스페인을 횡단해
산티아고까지 가는 2천 년이 넘은 옛길
걷는 사람들만 걷는다는 8백 킬로미터 옛길
생수가 떨어져 1층 편의점에 다녀왔더니
문자메시지가 와 있었다.
"바쁜 것이 게으른 것이다—만해 한용운."
위층에는 머리를 길게 땋은 후리후리한 흑인 여자
아래층에는 24시간 스포츠마사지 일식집
혼자 산다는 것은 일인용 일회용과 더불어 사는 것

게으른 것이 얼마나 바쁜 것인지 아느냐라고
답신을 하려다 말고 햇반을 생수에 말아 먹었다.
물을 자주 주지 않아도 빳빳한
산세베리아가 플라스틱 조화 같았다.
걸터앉아 있는 길의 끝을 치우고
접이식 침대를 펴고 텔레비전을 켜고
나는 나를 껐다.

허리에게 말 걸기

허리가 갔다 허리가 나간 사이
대설주의보가 며칠째 물러가지 않고 있다.
며칠 사이에 반도의 허리가 뚝 끊겼다.
마을은 고립되었고 도시와 도시도 두절이다.
한반도 하반신은 눈의 신생국가였다.
새로 생긴 눈의 나라는 불통이었다 쇄국이었다.
허리가 가자 오른쪽 다리까지 갔다.
추간판 수핵 탈출증 퇴행성 디스크였다.
허리 있던 자리에서 수시로 천둥 번개가 쳤다.
그럴 때마다 자지러졌다 그 자리에 주저앉았다.
고양이는 원적외선 난로 곁을 떠나지 않고 있다.
텔레비전은 주먹만한 빽빽한 눈발을 개의치 않았다.
폭설을 덮어버린 폭설 위로 또 폭설이 내리는 밤
예고한 대로 사막 도시에서 국가대표 평가전이 열렸다.
한국 축구는 50년 가까이 늘 허리가 문제였다.
공이 배급되지 않아 공수 전환이 원활치 못했다.
우리가 한 골을 먹은 채 전반전이 끝났다.
10분 동안 방바닥에 누워 스트레칭을 했다.
통증에 최대한 접근해 10초 이상 머물며 근육을 키웠다.
허리가 가자 마음이 늘 허리에 가 있었다.
허리가 나가버리자 오른쪽 다리가 따라 나갔다.
걷기가 불편해지자 머리가 묵지근해졌다.
그러고 보니 허리 다리 머리는 실시간 네트워크였다.

마음이 통 몸밖으로 나가려 하지 않았다.
요추 3번 4번 5번에게 조심스럽게 말을 걸었다.
미안하다 다 내 잘못이다 앞으로 잘할 테니 믿어달라.
부부싸움한 뒤 아내에게 보내는 문자메시지와 똑같았다.
원적외선이 뼛속까지 침투했는지 고양이가 하품을 한다.
전반전만 보고 잠자리에 든 사람들이 많을 것이었다.
운동요법을 하고 일어나보니 내 삶도 전반전이 끝나 있었다.
엊그제 막 반환점을 돌고 나서 각오를 단단히 했는데
금으로 덮은 데를 다시 금으로 덮은 어금니를 깨물며
나 자신과 세상을 긍정적으로 대하자고 다짐하던 참이었는데
그만 척추 아래쪽이 나가버린 것이었다.
한국 축구는 졌다 그것도 볼품없이 졌다 퇴행했다.
허리가 있던 자리에서 하루에도 몇 번씩 번개가 쳤다.
핸드폰 때문에 길거리에서 혼잣말하는 사람이 많아졌다.
예전에 중얼거리는 사람들은 머리가 이상한 사람들이었다.
머리와 허리 다리가 분리되어 장애를 일으키는 사람들
허리가 나간 이후 나도 혼잣말을 자주했다.
때와 장소를 가리지 않고 내 몸에게 말을 걸었다.
허리야 돌아오너라 내가 잘못했다 제발 돌아오너라.
대설주의보가 대설경보로 바뀌어 있었다.
지붕이 하중을 견디지 못할 것 같다.

기둥들이 습기 많은 눈의 무게를 이겨내지 못할 것 같다.
그러고 보니 산다는 것은 척추를 곧추세우는 것이었다.
중력을 이겨내며 땅을 딛고 일어나 두 발로 서는 것
삶은 다리 허리 머리가 수직해 있는 만큼 삶이었다.
수직이 수평으로 돌아가 있는 만큼 죽음이었다.
반환점에서 유턴하자마자 멀쩡하던 허리가 나갔다.
하루에도 수십 번씩 수신 메시지를 확인하지만
집 나간 허리는 도무지 연락이 없다.
천지간 눈냄새가 코를 찌르는 눈의 신생국가
눈이 부셔 눈을 뜰 수 없는 캄캄한 눈의 나라
집에서 우지끈하는 소리가 들리는 것 같다.
천장과 방바닥 사이가 자꾸 좁아지는 것 같다.
축구공처럼 웅크리고 있던 고양이가 보이지 않는다.

너는 내 운명

예술가란 한 사람만을 사랑할 수가 없어서 인류를 사랑하는 사람이다.

지식인이란 인류를 사랑하느라 한 사람을 사랑하지 못하는 사람이다.

성인이란 우주 전체를 사랑하기 위해 자기 자신을 없앤 사람이다.

나는 나를 사랑하는 법을 몰라서 풀 한 포기조차 사랑하지 못하는 사람이다.

코알라 생각

종일 잠만 잔다.
하루 네 시간 먹을 때만 잠에서 깬다.
먹을 때에도 두 눈 똑바로 뜨는 법이 없다.
하루 스무 시간 잠만 잔다.

먹는 것도 한 가지다.
유칼립투스 나뭇잎 한 가지
다른 것은 거들떠보지도 않는다.

평생 유칼리나무 가지에 걸터앉아
먹고 자고 자고 먹고
땅을 밟거나 하늘 우러를 일 없다.

잠자는 것이 사는 것이다.
치열한 잠이 치열한 삶이다.
두 눈 지그시 감고 있는 것이
부릅 두 눈 치뜨고 있는 것이다.

그러고 보니 바위가 그렇고
나무가 그렇다 어둠이 그렇고
빛과 고요와 침묵이 다 그렇다.

움직이는 바위는 바위가 아니다.

날아다니는 나무 환한 어둠은
나무나 어둠이 아니다.
침묵에게는 침묵이 전부다.
어둠에게는 어둠이 최고다.

종일 잠만 자는 코알라가
하늘다람쥐 따위를 부러워할 리가 없다.

천렵

문자메시지 다들 받았을 줄 안다.
다음 주말 천렵이다.
솥단지 대신 코펠에 부탄가스지만
몸은 예전 같지 않고 꿈은 바랬지만
초록들이 적극 동참하는 계곡으로 간다.
혈전처럼 병목현상을 일으키는 기억과
벌겋게 부어 있는 오장육부를 꺼내
흐르는 물에 씻는다 바위 위에 널어놓는다.
쏘가리 열목어 쉬리 없어도 괜찮다.
몇 마리 송사리 비린내만으로도 흔쾌하다.
빈 몸으로 와 맨몸으로 만난다.
너는 오늘 남편도 가장도 아니다.
우리는 오늘 갑과 을이 아니다.
모든 계약과 마감에 괄호를 쳐놓는다.
불룩해진 아랫배 마음대로 보여준다.
오랜만에 괄약근에 힘주며 물장구를 친다.
나이보다 많은 후회들을 바싹 말린다.
아랫도리까지 벗어버리고 거풍한다.
우리들 몸에도 엽록체가 있는 것 같다.
단순하지만 명쾌하지 않고
논리적으로는 옳지만 비현실적인 것들
파 마늘 고추와 함께 집어넣는다.
너는 또 그 노래를 부르는다.

너는 또 고개를 외로 꺾고 꺼억꺼억 웃음 웃는다.
기어코 죽은 친구의 이름을 외치는다.
오랜만에 너는 너로 돌아가 있는다.
좋아 보인다 좋아 보이지 않는다.
여름산 여름계곡 여름 지난 청춘들
제대로 충전을 해보지 못한 상한 충전지들
알코올의 힘으로 기억의 힘으로 젊어져 박박 우겨댄다.
문자메시지 다들 받았을 줄 안다.
여름 천렵 당분간 없을 것이다.

3부

사랑이 나가다

손가락이 떨리고 있다.
손을 잡았다 놓친 손
빈손으로 돌아가지 못하고 있다.
사랑이 나간 것이다.
조금 전까지는 어제였는데
내일로 넘어가버렸다.

사랑을 놓친 손은
갑자기 잡을 것이 없어졌다.
하나의 손잡이가 사라지자
방안의 모든 손잡이들이 아득해졌다.
캄캄한 새벽이 하얘졌다.

눈이 하지 못한
입이 내놓지 못한 말
마음이 다가가지 못한 말들
다 하지 못해 손은 떨고 있다.
예감보다 더 빨랐던 손이
사랑을 잃고 떨리고 있다.

사랑은 손으로 왔다.
손으로 손을 찾았던 사람
손으로 손을 기다렸던 사람

손은 손부터 부여잡았다.

사랑은 눈이 아니다.
가슴이 아니다.
사랑은 손이다.
손을 잃으면
모든 것을 잃는다.

손은 손을 찾는다

손이 하는 일은
다른 손을 찾는 것이다.

마음이 마음에게 지고
내가 나인 것이
시끄러워 견딜 수 없을 때
내가 네가 아닌 것이
견딜 수 없이 시끄러울 때

그리하여 탈진해서
온종일 누워 있을 때 보라.
여기가 삶의 끝인 것 같을 때
내가 나를 떠날 것 같을 때
손을 보라.
왼손은 늘 오른손을 찾고
두 손은 다른 손을 찾고 있었다.
손은 늘 따로 혼자 있었다.
빈손이 가장 무거웠다.

겨우 몸을 일으켜
생수 한 모금 마시며 알았다.
모든 진정한 고마움에는
독약 같은 미량의 미안함이 묻어 있다.

고맙다는 말은 따로 혼자 있지 못한다.
고맙고 미안하다고 말해야 한다.

엊저녁 너는 고마움이었고
오늘 아침 나는 미안함이다.
손이 하는 일은
결국 다른 손을 찾는 것이다.
오른손이 왼손을 찾아
가슴 앞에서 가지런해지는 까닭은
빈손이 그토록 무겁기 때문이다.
미안함이 그토록 무겁기 때문이다.

손의 백서(白書)

머리와 가슴 사이가 가장 멀다고 하지만
내가 보기에는 머리와 손 사이가 가장 멀다.
물론 가슴과 손 사이도 멀고
손과 손 사이 또한 멀다.

*

사람과 사람 사이에 손이 있다.
그 손을 잡고 싶다.

사람과 사람 사이에 디지털 단말기가 있다.
내가 단말기를 잡고 있다.
너도 너의 단말기를 잡고 있다.

*

손을 쓰지 않는다.
손 사용법을 잃어버렸다.
손이 도구와 멀어지자 사람이 생명과 멀어졌다.
손이 자연과 멀어지자 사람과 사람 사이도 멀어졌다.

사람과 사람 사이가 가까워질수록
손은 손사래를 친다 종주먹을 쥔다.

도시에서 손은 나쁜 시그널이다.

누구도 손을 쓰지 않는다.
손이 손을 부르지 않는다.

*

손의 거주지는 한정되어 있다.
손은 제한구역 보호구역 같은 곳에 산다.
마우스 키보드 터치스크린 단말기
핸들 변속기 주변
각종 스위치 버튼 손잡이 일대
화폐 신용카드 지갑 가방 근처
소비의 최초 발생 지점
택배 소포 등기우편 수신처
리비도의 맨 끝 혹은 첫 지점
꿈의 현관 혹은 창문
버릇 습관 강박의 중심
중독의 최전위
욕망의 전방위
증오 저주의 최전방
무관심의 외곽
콤플렉스의 모퉁이

광기의 정수리
망각의 외곽

*

사람과 사람 사이에 손이 있었다.
사람과 자연 사이에 손이 있었다.
나와 너 사이에 손이 있었다.

*

손가락으로 달을 가리키는데
아무도 쳐다보지 않는다.
한때는 손가락 끝이라도 쳐다보았다.

달을 가리키는 손가락이 없어지자
달도 지구를 바라보지 않았다.

*

음식과 입 사이에 손이 있다.
지구와 입 사이에 손이 있다.
손이 우주를 몸안으로 모신다.

*

손이 없다고 해서
기도를 못하는 것은 아니다.
하지만 손이 없으면
손을 달라고 기도한다.

*

기도할 때
두 손을 모으는 까닭은
두 손을 모으지 않고서는
나를 모을 수 없기 때문이다.
두 손을 모으지 않고서는
가슴이 있는 곳을 찾지 못하기 때문이다.
두 손을 모으지 않고서는
머리를 조아리기가 어렵기 때문이다.
두 손을 가슴 앞에 가지런히 모으지 않고서는
신이 있는 곳을 짐작도 할 수 없기 때문이다.

기도할 때
두 손을 모으는 까닭은

두 손을 모아야 고요해지기 때문이다.

*

뺨을 맞는 것이 가장 수치스러운 이유는
상대방이 손으로 때렸기 때문이다.
손으로 때렸다는 것은
상대방이 머리와 가슴으로
온몸으로 때렸다는 것이다.

누군가 뺨을 어루만져줄 때
온몸의 세포들이 화약처럼 불붙는 이유는
상대방이 손으로 어루만지기 때문이다.
머리와 가슴으로
온몸으로 어루만지기 때문이다.

*

초등학교 다닐 때
손바닥을 맞은 적이 있다.

양 손바닥을 펴고 있으면
나의 모든 것을 보여준다는 생각이 들었다.

발가벗었다는 생각이 들었다.

손바닥을 맞을 때마다
감정선이 깊이 패었을 것이다.

*

간혹 내 손이 내 몸속으로 들어가
심장이나 허파 위 간 십이지장 척추 횡격막 무릎관절 따위를
만져보고 싶어 애를 태우고 있다는 생각이 든다.
그럴 때마다 내 손이 나의 엄연한 외부라는 생각이 든다.
내 몸의 안쪽이 두 손에게 참 무심하다는 생각이 든다.
그럴 때마다 나도 내 몸의 바깥 마음의 바깥이라는 생각이 든다.
불 켜진 집에 못 들어가던 신혼 초 어느 날 새벽처럼
정말 외롭다는 생각이 든다.

*

악수는 서로 무기가 없다는 것을
확인하는 군사적 행위가 아니다.
악수는 서로 빈손이라는 뜻이 아니다.

악수는 가장 손쉬운 인사법이 아니다.
진정한 악수는 깊은 포옹을 넘어선다.

손이 손을 잡으면 영혼의 입술이 붉어진다.
손이 손을 잡으면 가슴이 환하게 열린다.
손이 손을 잡으면 피돌기가 빨라진다.
손이 손을 잡는 순간 기억을 공유한다.
손이 손을 잡는 순간 몸이 몸을 만난다.

*

나는 손이다.
나는 손이었고 손이어야 한다.

손으로 돌아가야 한다.
눈에 빼앗긴 몸을 추슬러야 한다.
귀에 빼앗긴 마음을 찾아와야 한다.

수시로 눈을 감아야 한다.
틈틈이 귀를 막아야 한다.
자주 숨을 죽여야 한다.

손으로 돌아가야 한다.

손이 손으로
손에게 지극해야 한다.

*

손이 세상을 바꿔왔듯이
손이 다시 세상을 바꿀 것이다.

나는 손이다.
너도 손이다.

아직 손을 잡지 않았다면

아직 손을 잡지 않았다면
아직 어린 시절 이야기를 털어놓지 않았다면
그대는 아직 그이를 사랑하지 않는 것이다.

그대가 싫어하는 음식이 뭔지 모른다면
지금까지 자기 가족 이야기를 들려주지 않는다면
그이는 아직 그대를 사랑하지 않는 것이다.

날카로운 첫 키스가 첫 단추가 아니다.
첫 키스는 서툰 기습 같은 것이다.
사랑은 손에서 시작한다.
사랑은 손이 하는 것이다.
손이 손을 잡았다면
손이 손안에서 편안해했다면
그리하여 손이 손에게 힘을 주었다면
사랑이 두 사람 사이에서
두 사람 안으로 들어간 것이다.

두 손은 서로의 기억을 가지려 한다.
열 개의 손톱이 모두 그이의 얼굴로 보일 때
손금에서 꽃 피고 별 뜨고 강물이 흐를 때
그리하여 그대가 알고 있는 그이의 이야기와
그이가 알고 있는 그대의 이야기가 같아질 때

그때부터 둘이서 새로운 이야기를 만들어가는 것이다.

헤어질 수 있는 자격은 그때서야 생기는 것이다.
먼 훗날, 아주 먼 곳에서 문득 걸음을 멈추고
모든 것을 내려놓고, 그렇다고 후회하지도 않으며
추억할 수 있는 권한은 그때서야 가지게 되는 것이다.

아주 낯선 낯익은 이야기

남자들은 좋아하는 사람과 마주앉기를 좋아하고
여자들은 좋아하는 사람 옆에 앉기를 좋아한다.
월요일 오전, FM 라디오에서 들은 이야기다.

마주앉는다는 것은 눈으로 보기를 좋아한다는 것이다.
옆에 앉는다는 것은 손으로 만지기를 좋아한다는 것이다.
그러니까 남자들은 시각 중심적이고
여자들은 촉각 혹은 후각 중심적이다.

로마가 제국이 된 이후 종이와 나침반이 유럽에 전해진 이후
콜럼버스의 대항해 이후 나는 생각한다, 고로 존재한다 이후
증기기관이 발명된 이후 과학기술 문명이 지구를 뒤덮은 지금까지가
그러니까 자본주의가 창궐하고 있는 여기까지가
남자의 시대, 시각의 시대였다.

눈을 감아야 내가 나로 돌아온다.
내 안의 여자가 눈뜬다.
나는 둘이다. 나는 둘 이상이다.

나는 너의 옆자리로 갈 테다.

눈을 감고 너의 손을 어루만질 테다.

두 눈을 감고 꽃향기의 끄트머리를 잡고 따라다닐 테다.

눈을 지그시 감고 바람이 숲을 만나 살찌는 소리를 들을 테다.

물의 맛을 입안에 오래 데리고 있을 테다.

아주 낯선 낯익은 이야기 2

—문은 벽에다 내는 것이다*

사랑아, 너 거기 가만히 있어라.
벽처럼 우뚝 서 있어라.
내 앞에서 커져서 산맥처럼 늠름한
사랑아, 내 앞을 가로막고 있어라.

사랑, 네가 거대한 벽이라면
만리장성보다 길고
팔레스타인 장벽보다 완강하다면
그리하여, 내가 먼길로 돌아가거나
기어서 넘어갈 수도 없다면

사랑아, 좋다.
그렇다면, 나는 문을 내겠다.
보라, 모든 문은 벽에다 내는 것이다.
벽이 없다면 대체 문을 어디에 낸단 말이냐.
사랑아, 하늘까지 솟아 있는 벽아, 장벽아
보아라, 문 없는 벽이 어디 있더냐.
그러니, 너는 아직 벽이 아니다.
그러니, 너는 아직 사랑이 아니다.

사랑아, 거룩한 장벽아
너는 가만히 있어라.
벽이 단단해야 문 또한 튼튼한 법

장벽이 높고 길수록 문이 문다운 법
사랑아, 나는 기어코 문을 내겠다.
손가락 하나, 주먹 하나
그리하여, 내 머리 하나 들어가면

그때부터 거기가 문이다.
그때부터 거기가 새로운 문이다.

* 간디의 직계 제자인 비노바 바베가 남긴 말을 약간 변형했다. 비노바 바베는 인도에서 토지헌납운동을 주도하며 널리 알려졌다.

땅끝이 땅의 시작이다

그래, 땅끝까지 가거라.

홀로, 두 발로, 꾹꾹 지문 찍듯이 걸어, 땅의 끝까지 가거라, 가보아라.

척추를 곧추세우고, 그래, 갈 때는, 갈 데까지 가는 것이다, 가보는 것이다.

이마 위, 붉은 해 개의치 말아라, 검은 그림자 길어져도 뒤돌아보지 말아라.

길은 언제나 앞 아니면 뒤이거늘, 왼편이나 오른편은 염두에 두지 말아라.

마을 어귀, 등꽃, 라일락꽃 향기가 뒷덜미를 낚아채더라도, 가거라.

자운영, 자운영꽃들이 발목에 자욱하더라도, 저녁연기 뒷산 허리에 잠겨 있더라도

낮달이 짐짓 무심한 듯 떠 있더라도, 물안개 피어오르더라도, 멈추지 말거라.

시간은 언제나 너의 시간, 시간과 시간 사이에서 너를 놓치지 말거라.

그래, 그리하여, 걷고 있는 것이냐. 걸어서 가고 있는 것이냐.

길이, 저문 길이 네 몸속으로 들어갔다가 이내 등뒤로 풀

려나가느냐.

풍경과 네 몸 사이에 이제 아무것도 없느냐, 없어서 네가 길이 되었느냐.

너는 네가 되었느냐, 네 몸이 너를 알아보더냐.

지문이 닳아서, 발의 지문이 닳아서, 이제 발자국이 남지 않겠구나.

길이 너를 밀쳐내지 않겠구나, 몸의 속도가 무엇인지 알겠구나, 잃어버린 것이 무엇인지 손에 잡히겠구나.

길이 출렁거리면 너도 출렁거리고, 길이 아득하면 너도 아득해지겠구나.

앞서가던 기억이 어느새 함께 걷겠구나. 그래, 설움이나 외로움을 한두 마디 관념으로 압축했겠구나.

압축해서 길가에 버렸겠구나, 버려도 개운했겠구나, 버려서 가뿐했겠구나.

좋은 것보다 나쁘지 않은 것이 더 좋다는 것을 이제 알겠느냐.

전에도 말했지만, 모든 길, 땅 위의 모든 길은 물에서 끝난다.

모든 길은 물가에서 자진하거니와, 너는 땅 위에서, 길 위에서 아직 무엇이 그리 무거운 것이냐.

길 위에서 걸으면서, 애달픈 것들, 안쓰러운 것들, 안타까운 것들, 어리석은 것들, 어쩌지 못한 것들의 이름을 다시 지어보거라.

그것들의 이름을 하나하나, 다시 명명할 수 있다면, 너는 드디어 너의 주인이다.

그래, 바다가 보이느냐.

땅의 끝이 가까워졌느냐, 길이 좁아지느냐, 땅이 다소곳해지더냐, 크게 숨을 들이마셨느냐.

땅끝에 홀로, 우뚝 섰느냐, 근육은 팽팽한 것이냐, 정신은 훤칠한 것이냐.

그리하여, 바다의 끝이 보이느냐, 경계가 선명하게 보이느냐.

그렇다면, 돌아보지 말거라. 거기가 땅끝이라면 끝내, 돌아서지 말아라, 끝끝내 바다와 맞서거라, 마주하거라.

바다, 눈 둘 데 없는 저녁 바다, 거기, 섬 같은, 불빛 같은, 인광 같은, 부표 같은, 잊을 수 없는 이름 같은, 물새 소리 같은, 흐린 냄새 같은 한 점이 보이느냐.

보인다면, 거기에 젖은 눈, 시린 눈, 시력과 시야를 꽂아두거라, 꽂아두고 있거라.

거기 한 점 소실점에서 눈물이 솟느냐, 눈물은 마르느냐.

그래, 거기가 땅끝이라면

그리하여, 시린 눈, 젖은 눈이 다 말라서, 한 점 소실점이 화악, 온통 바다로, 어둠으로 변하더냐.

은하수가 우당탕탕 쏟아지더냐, 대륙붕의 아랫배가 불끈 일어서더냐, 바다의 끝과 처음 만나는 땅의 끝이 예리하게 떨리더냐, 거기에서 너의 끝이 바다의 맨 끝과 흔쾌히 손을 잡더냐.

왈칵, 눈물이 솟구치더냐, 쏟아지더냐. 온몸이 뜨겁고, 온몸이 환해지더냐.

너는 이윽고 돌아서는 것인데, 이윽고 땅의 끝에서 돌아서는 것인데

그래, 거기가 땅의 맨 처음, 땅의 시작이다.

땅끝은 바다의 끝이다, 땅끝은 물끝이다.

땅끝은 땅의 시작이다.

땅끝이 땅의 시작이다.

벚꽃터널

멀리서는 그저 보일 따름이다. 하룻밤 새 나타난 하얀 대열이 산등성이에 난 새길처럼 보일 뿐이다. 멀리서는 벚꽃터널 하얀 꽃그늘이 보이지 않는다.

벚꽃터널 안으로 한번 들어가보라. 거기 꽃그늘 뒤덮는 또하나의 터널이 있거니와, 눈보다 두 귀가 훨씬 더 커진다. 온몸이 귀가 된다. 귀가 된 온몸은 얇은 스웨터와 면바지 속에서 저절로 더워진다.

꿀벌이 벌꿀을 만드는 소리, 수만 마리의 꿀벌이 수억 개 꽃송이에 달라붙는 소리다. 사방에서 윙윙거리는 날갯짓 소리. 자욱하다. 빈틈이 없다. 꽃보다 소리의 터널이 더 높고 길고 깊다. 색깔과 소리가 빛 속에서 어우러지는 숨가쁜 환한 터널이다.

남녘땅 사월 중순 백주대낮에 벚꽃터널 안으로 걸어가보라. 있는 힘을 다해 날갯짓하는 소리, 단물이란 단물은 한 방울도 남기지 않고 죄다 빨아대는 소리. 그뿐이랴, 저마다 있는 힘을 다해 몸을 활짝 열어놓는 수억 개 희고 붉은 꽃송이들.

어디 그뿐이랴, 저 아래, 줄기와 가지보다 더 깊고 멀리 뻗어 있는 뿌리들 또한 있는 힘껏 흙을 움켜쥐고 있다. 그러니

꿀벌은 벚나무의 저 사방으로 뻗은 깊고 먼 뿌리를 빨아대는 것이다. 꿀벌은 지구의 오래된 속살을 빨아대는 것이다.

얼핏 보고, 벚꽃과 꿀벌은 그 누구의 눈치도 보지 않고 혼례를, 그것도 집단 혼례를 치른다며 공연히 민망해하거나 부러워하지 말자. 예찬하지도 말자. 저 꿀의 일부가 우리 몸으로 들어오지 않는가. 우리가 더운물에 벌꿀 한 숟가락 타 마실 때, 우리는 꽃의 단물을 마시는 것이다. 나무의 뿌리를, 지구 속을 우리 몸속으로 모시는 것이다.

이런 시스템은 굳이 벚꽃터널 속으로 들어가지 않더라도 알아야 한다. 지구→식물의 뿌리→식물의 꽃→꿀벌→벌꿀→인간→? 이런 사슬이 이제는 멀리서도 다 보여야 한다(사실 '?'만 빼면 일찍이 교과서에서 다 배운 내용이다).

풍란 이야기

흑산도가 지금보다 더 멀었을 때, 쾌속선이 다니기 훨씬 전, 그러니까 20세기 초반 이전이었겠지요, 흑산도 뱃사람들은 짙은 안개를 무서워하지 않았더랬대요.

뱃일을 나갔다가 안개에 갇혀도 끄떡하지 않고 그물을 건져올렸다지요. 터질 듯한 근육을 달래려 노래도 불렀다지요. 그 뱃노래 소리가 짙은 안개와 고요한 수면 위로 난 틈을 타고 사방으로 퍼져나갔다지요.

섬에 남은 아낙이며 아이 들도 남편이나 아버지를 굳이 기다리지 않았대요. 풍란이 온 섬을 뒤덮고 있었으니까요. 아낙들은 안개 속에서 피와 살이 더워져서, 환해만 져서, 괜히 축축한 이부자리를 꺼내 손질하거나 했다지요, 아마

흑산도 풍란은 흑산도를 깎아지른 바위가 아니라 흑산도를 둘러싼 바닷바람 속으로 뿌리를 뻗었습니다. 땅이며 흙, 지평선 따위를 거부하는 이상한 뿌리였지요. 있는 힘껏 공기를 빨아들이며 그 안에서 한 방울의 물을 쥐어짜는 것이었습니다. 그렇게 안간힘을 써서 피워올린 꽃이었으니, 그 향기가 어디 남과 같았겠습니까. 그건 독이었지요.

풍란이 꽃대궁을 밀어올리는 철이면 흑산도는 향기에 감금됩니다. 향기의 감옥이지요. 맑은 날엔 뿌리가 박혀 있

는 공기 속으로 향기들이 날아가버리지만, 안개가 피어오르는 날이면 풍란 향기는 빽빽해집니다. 참깨 짜듯이 짓눌려지는 것이어서 풍란 저희들조차도 숨쉬기가 버거울 정도였다지요, 아마

고깃배가 만선이 되면 안개 속에서 뱃사람들은 팽, 하고 코를 풀어대 비린내를 씻어낸 다음, 코를 벌름거립니다. 어느 쪽에서 풍란 향기가 나는 것이냐, 것인 것이냐, 흐헝…… 그러고는 곧장 뱃머리를 돌리는 것이었으니, 풍란 향기는 등대였고 무적(霧笛)이었습니다. 굳이 이름을 붙이자면 향대(香臺)쯤이었겠지요. 안개와 수면 사이로 나 있는 틈을 따라 풍란의 짙은 향기가 사방팔방으로 퍼져나오는 것입니다.

풍란 향기로 멱감는, 아니 풍란 향으로 땀을 뻘뻘 흘리는 흑산도는 하얀 속치마를 입은, 껍질을 막 벗겨낸 삶은 달걀처럼 살갗이 곱고 탄탄한 젊은 여인이었습니다. 그 여인네가 안개가 끼는 날이면 꼿꼿이 선 채, 허물 벗듯이 스르르, 하얀 속곳을 풀어내리는 것이었습니다. 그 희디흰 치맛자락이 물의 알갱이와 물의 덩어리 사이로 난 틈을 타고 흑산도 사방 몇십 리까지 퍼져나갔다고 하니, 그 여인네는 아름다운 거인이었는지도 모르지요, 아마

뒷날 20세기 말엽에, 전설을 전해 듣고, 온몸이 달아 섬 주위에서 몇 날 밤을 지새우던 뭍 사내들은 안개 속에서 다들 익사하고 말았다지요, 아마.

민간인

동부전선
향로봉 8부 능선
대한 입춘 사이
오른쪽에서
먼동이 튼다.

고향이
저 아랫녘 땅끝이라는
고참 취사병
중대 무기고 옆에
쪼그려앉아 있다
울고 있다.

간밤
담요 속에서 받은
문자 한 줄—
아빠가 또 나갔다.

보름달 떴다!

난생처음 남반구에 가서 보았다.
사면이 바다로 둘러싸인 대륙 오스트레일리아
서울에서 남쪽으로 곧장 내려온 곳
오스트레일리아 동북쪽 휴양도시에 보름달이 떴다.
초겨울 서울에서 초여름 열대우림까지 오는 데
열한 시간밖에 걸리지 않았다.
사탕수수밭에 사탕수수밖에 없는
평지에는 평지밖에 없는
마을에는 집과 사람 들이 거의 없는
세계에서 가장 큰 섬의 어깨에 누웠더니
보름달이 떠 있었다 남반구의 보름달—
그러고 보니 서울에서도 보고 있을 보름달이었다.
멕시코 칸쿤에서도 안데스 오지에서도
티베트 망명정부에서도 보고 있을 보름달이었다.
아, 지금 한밤중인 전 세계인들이
지금 외롭고 쓸쓸하고 힘든 지구 위의 사람들이
저 보름달을 보고 있을 것이었다.
보름달 표면에서 전 세계 사람들의 눈빛이
만나고들 있는 것이었다 부둥켜들 안는 것이었다.
지구에서는 만나지 못해 보름달로 달려간 것이었다.
가난하고 헐벗고 아픈 지구인들이 밤마다
보름달 분화구에서들 얼싸안는 것이었다.
지금 한밤중인 지구의 눈빛들이 몰려들어

보름달은 저렇게 밝은 것이었다.
저렇게 큰 눈으로 지구를 내려다보는 것이었다.

태양계

비행기가 착륙할 때 보았다.
8천 미터 상공에서 잃어버렸던
자기 그림자를 활주로에서
다시 만나는 것이었다.

히말라야를 넘거나
태평양을 종단하는
철새들도 마찬가지다.
땅이 가까워지면
서둘러 제 그림자부터 찾는다.

하늘 높이 솟아오르기만 하거나
앞으로 미래로만 달려나가면
제 그림자를 볼 수가 없다.
자기 그림자를 찾을 수가 없다.

나는 나의 그림자
밤은 낮의 그림자
내일은 어제의 그림자
빼앗긴 그림자를 되찾아야
너와 나 지금 여기가
길고 넓고 높고 깊어진다.

그림자는 땅에 있다.
모든 그림자는 지구에 있다.

발이 쓰는 모자

신발은 발이 쓰는 모자다.

나설 때 쓰고 돌아와서 벗는다. 신발을 벗는다는 건 밖에서 안으로 들어간다는 거다.*

산다는 건 신발을 신고 벗는 거다.

해 뜨면 신고 해 떨어지면 벗어야 반듯하게 사는 거다.

머리는 다 보여줘도 되지만

맨발은 함부로 보여줘선 안 된다(하느님도 인간의 발바닥이 많이 보고 싶으실 거다).

전봇대 아래

외박하는 주정뱅이도 신문지 펼쳐놓고 잠자리에 들 때는 신발을 벗어놓는다. 깐에는 밖에서 안으로 들어가는 거다.

한강 다리 난간 위

제 몸을 놓아버리는 중년 사내도 신발을 벗어놓고 밖에서 안으로 들어간다.

30년 전 우리 아버지 안으로 들어가실 적에는

막내인 내가 신발을 챙겼다. 현관에 있던 털신 한 켤레, 생쌀 한 그릇과 함께 대문 밖에다 내다놓았다. 아버지가 밖에서 안으로 들어가는 데 꼬박 여든한 해가 걸렸다.

아주 먼 하늘에서

아버지를 찾아내기도 어렵지만, 그러고 나서 어머니 몸안으로 들어가기도 어렵지만, 그렇게 들어갔다가 다시 몸밖으로 나

오기도 어렵지만

어머니 바깥에서

한세상 살다가 다른 세상 안으로 들어가기도 어렵다. 지금 여기가 어디의 안인지, 또 어디의 바깥인지 잘 모르기 때문이다.

두 발에 모자 제대로 쓰고

두 손 모을 일이다. 두 눈 감고 두 귀 활짝 열어놓을 일이다.

무엇보다 두 발에 썼던 모자를 벗고

두 손 모으고 두 눈 지그시 감을 일이다. 멈춰 서고 볼 일이다(그래야 하느님한테도 우리가 보일 거다).

* 이상국의 시 「신발에 대하여」에서 빌려왔다.

천 개의 고원

바다를 본 적이 없다고 말하는 것은 옳다.
새들이 죽는 해변에서 혼자 운 적이 있다고 말하는 것도 옳다.
하지만 바다는 여기에서 멀다고 말하는 것은 옳지 않다.

네가 섬과 섬 사이가 멀다고 말하는 것은 맞다.
이 섬은 크고 저 섬은 너무 작다고 말하는 것도 틀리지 않다.
하지만 섬과 섬이 서로 떨어져 있다고 말하는 것은 맞지 않다.

바다는 모든 배를 띄워주려고 애쓴다고 말하는 것은 따뜻하다.
배는 배 안으로 바다가 들어오는 것을 극구 사양한다고 말하는 것은 정확하다.
자기를 지키지 못한 배는 바다가 사정없이 잡아당긴다고 말하는 것
땅에 있어야 할 것들이 바다로 드는 것을 바다는 싫어한다는 것
바다에 있어야 할 것들이 땅으로 오르는 것을 바다는 본체만체한다는 것
모든 것은 자기가 있어야 할 곳에 있어야 한다고 말하는 것은

결코 허튼소리를 하는 것이 아니다.

바다는 자기 안에 너무 많은 것을 품고 있어 간지러울 것이라고
바다는 자기 안으로 너무 많은 것들이 들어와 토할 것 같다고
바다는 밝은 데보다 캄캄한 데가 훨씬 더 많다고
바다에서 평평하고 고요한 곳은 수면밖에 없다고 말하는 것은 명확하다.
바다의 바닥은 온통 지구라고 지표라고 말하는 것도 적확하다.

바다는 태양이 아니라 지구의 중심을 더 좋아하는 것 같다고
네가 말하는 것은 맞을 뿐만 아니라 옳기까지 하다.

집

손님이 오지 않는 집은
천사도 오지 않는다.
이슬람 속담이다.

천사 같은 손님
손님 같은 천사

문이란 문 다 열어놓아도
지붕까지 뜯어버려도
두 손 모아 중얼거려도
애간장이 다 타들어가도
오지 않았다.

별빛 이우는
신새벽에 알았다.

나는 집이 없었다.
너도 없었다.
우리는 집이 없었다.

*

천사가 찾지 않는 집은

손님도 찾지 않는다.
먼 사막의 경구이다.

손님 같은 천사
천사 같은 손님
아무리 기다려도 오지 않았다.

오늘 아침
지하철역에서 알았다.
급하게 스마트폰 충전지
갈아끼우며 알았다.
자정 넘어
편의점을 나오며 알았다.

우리는 집이 아니었다.
내가 집이 아니어서
너는 천사가 못 되었고
네가 집이 아니어서
나는 손님이 못 되었다.

밥

시계에 밥을 주던 시절이 있었다.
손목시계는 하루에 한 번
괘종시계는 한 달에 한 번

하루 한 끼 배불리 먹기 힘든 시절
하루에 한 번 손목시계에 밥을 줬다.
월급을 받지 않으면 식구들 굶던 시절
한 달에 한 번 괘종시계에 밥을 줬다.

밥 주는 시계가 사라지면서
시계는 오래갔지만
자동으로 오래가고 정확해졌지만
시계는 죽어야 밥을 먹을 수 있었다.
완전히 죽고 나서야
건전지를 먹을 수 있었다.

시계가 밥을 먹지 않게 되면서
밥을 먹지 못하는 사람이 많아졌다.
진짜로 건전지가 떨어진 사람들
건전지가 떨어져도 구할 수 없는 사람들
누가 건전지를 갈아끼워줘도
살아나지 못하는 사람이 많아졌다.

시계에 밥을 주던 시절이 있었다.
하루에 한 번 한 달에 한 번
그래도 못 미더워 시계가 가는지
귀에다 갖다대고 째깍째깍 소리 들어보던
그런 시절이 있었다.
괘종시계 바늘이 9시 근처에서
못 올라가는 기색이 보일라치면
식구 중에 먼저 본 사람 얼른 일어나
까치발을 하고 태엽 끝까지 감아주던
그런 시절이 있었다.

백서

죽음이 죽었다.

죽음이 죽어서
죽음과 동떨어졌다.
죽음이 죽음과 멀어졌다.

죽음이 죽었다.
삶이 죽음을 인정하지 않아서
죽음이 삶을 간섭하지 못해서

삶이 죽음과
함께 살지 못해서
죽음이 죽음으로 살지 못했다.
죽음이 죽지 못하고 죽어서
삶이 삶으로 살지 못했다.

죽음이 죽었다.
삶이 죽음을 죽여서
죽음이 죽었다.
죽음이 죽음을 죽여서
삶이 죽었다.

삶이 삶을 살지 못해서

죽음을 죽이고
죽음이 죽지 못해서
삶을 죽였다.

죽음이 죽었다.

백서 2

—죽음은 살아 있어야 한다

죽음은 살아 있어야 한다.
사십구일은 살아 있어야 한다.
적어도 일 년에 사나흘
기일 전후만큼은 다시 살아 있어야 한다.

죽음이 살아 있지 못해서
삶이 이 지경이다
죽음이 죽음과 함께 죽어버려서
살아 있음이 이토록 새카맣다.
삶의 정면이 이토록 캄캄하다.

죽음아 죽음들아
홀로 죽어간 죽음들아
홀로 죽어서 삶을 모두 가져간 죽음들아
삶을 되돌려주지 않는 죽음들아
뒤도 돌아보지 않는 죽음들아

죽음은 살아 있어야 한다.
죽음이 삶 곁에 살아 있어야 한다.
죽음이 생생하게 살아 있어야
삶이 팽팽해진다.
죽음이 수시로 말을 걸어와야
살아 있음이 온전해진다.

죽음을 살려내야 한다.
그래야 삶이 살 수 있다.
그래야 삶이 삶다워질 수 있다.
그래야 삶이 제대로 죽을 수 있다.

죽음을 살려내야 한다.
죽음을 삶 곁으로
삶의 안쪽으로 모셔와야 한다.

집이 집에 없다

집이
집에 없다.
집이 집을 나갔다.

안방이
제일 먼저 나갔다.
안방이 안방을 나가자
출산이 밖으로 나갔다.

윗목이 방을 나가자
마루가 밖으로 나가자
손님이 찾아오지 않았다.
마당이 마당 밖으로 나가자
잔치가 사라졌다.

다 나갔다.
돌잔치 집들이
결혼식 진갑잔치 팔순잔치
병든 이 늙은이 외로운 이가
다 집을 나갔다.

그러는 사이
죽음이 집을 나갔다.

죽음이 집밖으로 나가 죽었다.
집이 집을 나가자
죽음이 도처에서
저 혼자 죽어가기 시작했다.

죽음이 살지 못하고
저 혼자 죽기 시작했다.

누가 이 사람을 모르시나요

아빠는 고시원에 계시고
엄마는 아마 노래방에서 탬버린을 찬찬찬,

나를 키운 건 팔 할이 컵라면이었다.
나를 키운 건 팔 할이 텔레비전이었고
나를 키운 건 팔 할이 방과후 학원이었다.
그렇다고 이 할이 남아 있는 것은 아니다.

아빠는 몇 년째 고시원에 계시고
엄마는 몇 년째 노래방에서 울고 싶어라, 탬버린

아빠 같은 아저씨와 헤어지고 나서도
나는 불편해지지 않았다.
돈을 받지 않는 어린 창녀를 뭐라고 불러야 하나.
엄마 같은 아줌마 핸드백을 뒤지고 나서도
나는 꿈 없는 깊은 잠을 잤다.
나는 내가 잘할 수 있는 것을 잘한다.

내가 잘할 수 있는 것은 훔치는 것이다.
혼자 있을 때 외로워하지 않는 것이다.
컵라면을 다섯 가지 방법으로 요리하는 것이다.
이틀 동안 굶는 것이다.
이다음에 커서, 테러리스트가 되어

비행기를 납치하는 상상을 하는 것이다.
이다음에 커서, 그때까지 클 수 있을지 모르지만
무인도를 하나 사서 작은 나라를 만드는
꿈을 꿀 때 나는 힘이 생긴다.

아빠랑 싸우고 싶은데 아빠를 만날 수가 없다.
엄마를 두들겨패주고 싶은데 엄마와 마주칠 시간이 없다.

또 늦었다.
얼른 학교에 가야 한다. 가서 눈 좀 붙여야 한다.
나를 키운 건 팔 할이 집밖이었다.
그렇다고 어딘가 이 할이 남아 있는 것은 아니다.

소 판 돈이 이쯤은 되어야

—원주 총각한테 시집가세요

강원도 원주 땅 흥업에 갔다가 들은 얘기인데요.
마을에 동남아 처녀가 시집을 오면
마을 사람들이 새색시한테 암송아지 한 마리를 선물한다네요.
왜 하필 송아지냐고 물었더니, 돌아온 답이 그럴듯했습니다.
송아지 잘 키워서 소 판 돈으로 친정에 다녀오도록 한다는 거예요.
그러니 그 송아지가 보통 송아지이겠습니까.
그야말로 금송아지이지요.
송아지 그 큰 눈망울 속에 친정 식구들이 보이겠지요.
송아지 앞세우고 걷다보면 불 켜진 저녁 고향집이 훤히 보이겠지요.
꿈속에서도 보지 못했을 낯선 강원도 하고도 원주 흥업 땅
송아지만큼은 말을 하지 않아도 말이 통하겠지요.
서러울 때마다 송아지 끌어안고 맘껏 울어도 되겠지요.
그런데 나중에 송아지 한 마리는 갚아야 한다네요.
그러니 암송아지 암소 될 때까지
암소가 송아지 한 마리 낳아 갚을 때까지
그러니까 그사이 흥업 총각 아들딸 낳을 때까지
이를테면 베트남 새색시는 알캉달캉 흥업의 아낙이 되어 있겠지요.
그때쯤이면 강원도 사투리가 저절로 튀어나오겠구요.

옥수수는 강원도 찰옥수수가 세계 최고라고 우기겠지요.
막국수는 그렇게 달게 먹는 게 아니라고 잔소리도 하겠지요.
소는 한우가 최고라며 수입 소고기 사지 말라고 핏대를 올리겠지요.
남편 따라 머리띠 두르고 군청 앞에서 구호도 외칠 거구요.
동남아 새색시들을 사랑하는 모임도 만들겠지요.
하지만 암소 팔러 갈 때는 시집올 때처럼 눈물 흥건할 거예요.
아무렴요, 암소 안 팔겠다고, 우리 암소 등에
우리 금송아지 같은 아들딸 태우고 고향 가겠다고 떼를 쓰겠지요.
원주 가서 머리 좋다는 소리 말라는 옛말 하나도 틀리지 않았네요.
원주 사람들 정말 머리 좋지요. 좋은 머리 정말 좋게 쓰지요.
소 판 돈 훔쳐 갖고 월남했던 어린 시절을 못 잊어
소떼를 몰고 휴전선을 넘었던 현대그룹 정회장 못지않네요.
언제 베트남에 가면 사이공에서 하노이 가는 일번공로에
현수막 몇 개 걸어야겠습니다.
원주 총각한테 시집가세요.

별똥별

그대를 놓친* 저녁이
저녁 위로 포개지고 있었다.

그대를 빼앗긴 시간이
시간 위로 엎어지고 있었다.

그대를 잃어버린 노을이
노을 위로 무너지고 있었다.

그대를 놓친 내가
나를 놓고 있었다.

오른손에 칼을 쥐고
부욱—
자기 가슴팍을 긋듯이

서쪽 하늘
가늘고 긴 푸른 별똥별 하나.

* 직장 대선배가 어린 딸을 먼저 저세상으로 보낸 뒤 지인들에게 보낸 편지에 쓴 표현이다. 그 편지의 첫 문장이 다음과 같았다. "사랑하는 딸을 놓쳤습니다."

4부

지금 여기가 맨 앞

나무는 끝이 시작이다.
언제나 끝에서 시작한다.
실뿌리에서 잔가지 우듬지
새순에서 꽃 열매에 이르기까지
나무는 전부 끝이 시작이다.

지금 여기가 맨 끝이다.
나무 땅 물 바람 햇빛도
저마다 모두 맨 끝이어서 맨 앞이다.
기억 그리움 고독 절망 눈물 분노도
꿈 희망 공감 연민 연대도 사랑도
역사 시대 문명 진화 지구 우주도
지금 여기가 맨 앞이다.

지금 여기 내가 정면이다.

바닥

땅바닥은 없다.
땅바닥은
땅의 머리
땅의 정수리다.
그러니까 땅은 언제나
꼿꼿이 서 있는 것이다.

정확하게 말하자면
땅바닥 땅의 바닥은
하늘의 바닥 하늘바닥이다.
사실 모든 땅바닥은
땅의 바닥이 아니고
지구의 정수리다.
그럼에도

그럼에도 불구하고.

금줄

베란다에 못 나간다.
며칠 집 비운 사이
올챙이 두 마리가 개구리가 되어 있었다.
민달팽이도 달팽이와 함께 기어다니고
독 뚜껑에다 키우는 금붕어까지 튀어나온다.

화분 열댓 개 놓여 있는 남향 베란다
수돗물 먹고 사는 초록들이
배합사료 받아먹는 생명들이
한여름 죽어라고 살아낸 것이다.
벤자민 재스민 영산홍 그늘 아래
저마다 맹렬하게 번식한 것이다.

언제 누가 밟을지 모른다.
언제 무엇이 밟힐지 모른다.
이 엄연한 생태를 보아라
도시 바깥을 낯설어하며
야생을 두려워하며
너무 웃자란 딸아 너무 어린 아들아
사람이 제일 무서운 것
우리들 사람이 제일로 무지한 것

두 아이 낳았을 때도 치지 못했던

금줄을 베란다 입구에 쳐놓는다.
당분간 출입 제한구역이다.

비 온다

비가 온다.

비가 오면 하늘이 맑아진다.

하늘이 맑아지면 땅이 더러워진다.

땅이 더러워지면 물이 탁해진다.

강물이 탁해지면 바다가 상한다.

하늘 꼭대기가 바다 바닥까지 내려간다.

비가 오면 하늘이 맑아진다.

하늘이 맑아지면 하늘만 맑아진다.

태어나서 지금까지 단 한순간도

땅에서 땅을 벗어나본 적 없다.

하늘 맑은 봄날이다.

하늘에서 하늘만 맑은 봄날이다.

낙화

바람 한 점 없는데
하르르—
꽃잎 하나 떨어진다.

하염없다고 말하려다가 말았다.
애도하는 것이라고 중얼거리다가 말았다.
자진하는 것이라고 하려다가 말았다.
중력을 떠올리려다가 그만두었다.

휴대전화가 부르르—
받지 않았다 받을 수 없었다.
지금 떨어진 저 꽃잎은
누군가 나에게 보내는
전파에 맞은 것인지도 몰랐다.

한밤중에
홀로 떨어지는 꽃잎들이 있다.

사막에 나무를 심었다

모래와 모래 사이 모래만 있는 곳이었다.
내몽고 한복판, 아버지와 아들이 살았다.

어느 쪽으로든 걸어나가면 모두 길이었지만, 걷지 않으면 모두 사막이었다.
사막의 길은 오직 걸을 때만 길이었다.
사막의 길은 오로지 걷는 자의 길이었다.
가는 길만 있고 돌아오는 길은 없는 사막의 한가운데였다.
여자를 데려오마고 길 떠난 아버지는 십 년이 넘어도 돌아오지 않았다.

아버지가 지은 움막은 모래가 덮어버린 지 오래
멀리서 보면 모래 구릉처럼 보였다.
아들은 행여 말을 잊을까봐 별이 뜨면 별에게 말을 걸었다.
말을 잃을까봐 달이 뜨면 아버지를 소리쳐 불렀다.
사막에서 아들보다 키가 큰 것은 소금호수 쪽을 가리킨다는 돌무덤뿐이었다.
바람이 심해 캄캄한 낮이면 아들은 제 이름을 부르며 흐린 거울을 들여다보았다.
그런 날이면 발바닥에서 뿌리가 돋아날 것 같아 제자리걸음을 하곤 했다.

이빨 사이에도 모래가 끼어, 혈관 속에도 모래가 들어가 있을 것 같았다.

홀로 청년이 된 아들은 제 몸속에 물보다 모래가 많을 것이라고 생각했다.

모래의 아들은 눈과 귀가 밝았다.

청년의 시력은 해 넘어가는 지평선까지 달려갔다 돌아오곤 했다.

모래의 남자는 밤새 모래들이 한쪽으로 쓸리며 우는 소리를 들었다.

백설탕 같은 별빛이 섞인 여름밤의 냄새를 하나하나 가려낼 수 있었다.

남자는 사람 냄새를 맡아보고 싶었지만 사람이 두려웠다.

사람의 손을 잡고 싶었지만 사람의 손이 낯설었다.

누가 물으면 오랫동안 답하고 싶었지만 사람들은 천 리 밖에 있다고 했다.

새벽까지 별빛들이 폭설처럼, 우박처럼 쏟아졌다.

모래 구릉이 돌무덤 쪽으로 몇 발자국 이동해 있었다.

남자는 문밖을 나섰다가 깜짝 놀랐다.

발자국, 사람의 발자국. 밤새 누가 지나간 것이었다.

선명한 작은 발자국이 동쪽으로 가고 있었다.

남자의 눈빛은 동쪽 끝으로 달려나갔지만, 아무것도 보이지 않았다.

남자는 발자국을 오래 들여다보았다.

남자는 제 오른발을 들어 발자국에 포개보려다 돌아섰다.

선명한 작은 발자국은 모래바람이 불면 순식간에 사라질 것이었다.

남자는 움막에서 제일 큰 양푼을 가져와 발자국을 덮어 놓았다.

양푼 주위로 제 키만한 막대기 몇 개를 꽂았다.

사람이 그리운 날이면 양푼을 치우고 발자국을 들여다보았다.

모래바람이 심하게 분 다음날이면 양푼을 덮은 모래를 퍼냈다.

발자국은 모래 무덤 안에 고이 모셔져 있었다.

가을 저녁에는 발자국에 눈물 몇 방울이 떨어지기도 했다.

눈빛이 맑은 검은 얼굴의 모래 남자는 그렇게 반생을 살았다.

꿈에 아버지가 모래 구릉에 나무를 심고 있었다.

물을 오래 머금은 모래들이 흙으로 변하고 있었다.

아버지는 밤마다 꿈에 나타나 사막에 나무를 심었다.

창캉창캉 별빛들이 서로 부딪히는 소리가 유난하던 새벽이었다.

무슨 소리가 들렸다. 사람, 사람의 소리였다.

키가 작은 사람, 반짝이는 두 눈에, 둥글고 작은 얼굴, 여자였다.

모래에 대해 많이 알고 있을 것 같은 여자, 그 여자가 말했다.

오래전, 이 근처에서 발자국을 잃어버렸어요.

오랫동안 저는 발자국이 없었어요.

발자국을 찾으러 왔습니다.

모래의 남자는 양푼 속의 발자국을 보여주었다.

모래의 여자는 모래의 남자와 살기 시작했다.

모래 부부는 새벽같이 일어나 나무를 심기 시작했다.

밤늦게까지 물을 길어와 모래에다 물을 부었다.

모래가 물을 간직하기 시작했다.

풀과 나무가 잎사귀를 내놓기 시작했다.

모래를 움켜진 식물의 뿌리가 부부의 발자국이었다.

이윽고 꽃이 피고, 벌 나비가 날아들었다.

천 리 밖에서 사람들이 찾아와 지붕과 창이 있는 집을 지었다.

모래 부부가 낳은 아들딸들은 모래를 잘 몰랐다.

모래의 아들은 사막 초원의 아버지가 되어 있었다.

* 이 시는 중국 네이멍구 모래 구릉에 나무를 심어, 10여 년 만에 사막 속에 초원을 일궈낸 인위쩐 부부의 실제 이야기를 바탕으로 재구성한 것이다. 인위쩐 부부는 21세기 중국 사회의 영웅으로 떠올랐다.

그래, 생각이 에너지다

아무리 파도 기름이 나오지 않았다.
그래서 지구 반대편을 팠다.
생각이 에너지다.
SK에너지.*

아무리 해도 사람들 생각이 바뀌지 않았다.
그래서 텔레비전 반대편을 보았다.
맞다, 생각이 에너지다.
그래서 나는 생각한다.

지구를 그만 파야 한다.
그만 파야 할 뿐만 아니라
생각이 에너지라는 생각이 팠던
지구의 저 수많은 구멍들부터 막아야 한다.

지금 지구 반대편으로 달려가
구멍을 뚫고 기름을 뽑아올리는 생각은
새로운 에너지가 아니다.
지구에게 잘못했다고 용서를 비는
생각이 진정한 에너지다.

아무리 해도 잘못했다는 생각이 안 든다?
지구가 곧 내 몸이라는 생각이 안 든다?

그럼 그때 자기 몸의 반대편을 파보라.
그때 자기 마음의 안쪽을 보라.
먹고 입고 쓰고 타고 버리는 것의 앞뒤를 보라.
그것이 어디에서 어떻게 오고
그것은 또 어떻게 어디로 가는가.
그렇다면?
그런 생각이 새로운 에너지다.

그리고 그런 생각은 새로운 생각도 못 된다.

* 첫 연은 SK에너지가 2007년 가을에 내놓은 텔레비전 광고(20초) 카피 전문이다.

도시귀농 프로젝트

—미래에서 부친 편지

나는 도시를 떠나지 않았습니다.

그때 거기서 땅을 놓친 것으로 충분했습니다. 나는 도시를 버리지 않았습니다.

한때 누구 못지않게 땅에 뿌리박은 삶을 꿈꾸었습니다. 이곳의 도로와 빌딩은 악이고, 그곳의 산과 들이 선이라고 믿었습니다. 도시에서 오직 미래를 살았던 것입니다.

오늘의 나와 너는 옳지 않고, 내일의 우리와 그들이 바람직하고 아름답다고 말해왔습니다. 하마터면 그때 도시를 떠날 뻔했습니다.

그사이, 앞과 뒤가 바뀌었습니다. 좋았던 것이 나쁜 것이 되고 말았습니다. 나는 미래에서 돌아왔습니다. 과거에서 서둘러 달려왔습니다. 도시가 더 화급했습니다. 도시 안에서 도시와 더불어 꿈꾸기 시작했습니다.

도시가 미래였습니다. 도시 간척—

우리는 도시를 개간하기 시작했습니다. 아스팔트와 시멘트를 걷어냈습니다. 간선도로 위에 고가도로를 올려 그 상판을 농장으로 만들었습니다. 빌딩과 아파트, 학교 옥상 위에도 흙을 올렸습니다. 그사이 많이들 싸웠습니다. 대통령이 몇 번 물러났습니다. 초국적 기업의 사주를 받은 용병들이 트랙터를 몰고 와 도심을 뒤엎기도 했습니다.

그해 봄, 대통령궁 안에서 모내기하던 장면이 눈에 선합니다. 시청 앞에서 토마토를 땄습니다. 겨울에는 고가도로

농장에 비닐하우스를 설치했습니다. 도시가 푸르러졌고, 사람들이 자기가 키운 먹을거리를 나누었습니다. 서로 이름을 부르기 시작했습니다. 여기저기 공동체가 생겨났습니다.

우리의 도시귀농을 배우러 오는 외국인들이 많았습니다. 자동차를 버린 중국 대학생, 댐을 폭파한 인도 정치인, 핵발전소를 폐쇄한 러시아 과학자, 국가의 복지정책을 거부한 스칸디나비아 교사도 찾아왔습니다.

나는 얼마 전 도시를 떠나왔습니다. 도시 곳곳에 마을이 생겨났고, 그사이 시골은 또 시골다워졌기 때문입니다. 오늘은 이만 접어야겠습니다. 이웃 중강진 할머니 댁에서 손주 돌잔치를 벌인다는 전갈입니다. 소식 또 전하겠습니다.
—가까운 미래에서 부칩니다.

내가 아는 자본주의

손과 세계 사이에 무언가 있다.
그 무언가가 손과 세계를 배반한다.
손과 세계를 서로 모른 체하게 한다.

입과 자연 사이에 또 무엇이 있다.
저, 이, 무엇이 입과 지구를
서로 무관하게 만든다.

결국은 눈이다
일상적으로 일상을 일상화하는 눈
일상적인 눈을 다시 일상화하는 눈
저 눈은, 이 눈을
이 시각은, 저 시선을 노예화한다.

저, 이, 자본주의를 벗어나는 길은
무엇보다도 눈을 감는 것이다.
두 눈을 꾹 감고 인위적으로
코와 귀, 손과 입, 피부와 감각을
그리하여 저 옛날을, 이 온몸을
애타게 불러오는 것이다.

독실한 경우
—식탁이 지구다 2

음식을 들기 전에
올리는 기도가
아름답다.

아니다.

음식을 다 들고 나서
드리는 기도가
더 아름답다.

아니다.

음식을 드는 동안
음식을 몸안으로 모시는 동안
내내 기도해야 한다.

아니다.

소화 다 하고 난 음식을
몸밖으로 내보내드릴 때에도
음식이 온 곳으로 돌아가실 때에도
가지런히 두 손 모아야 한다.

오렌지 공포

때깔이 고운데다
제법 잘생겨서
책상 앞 유리창 가에 놓았다.
풍란이 있던 자리
꽃 본 적 없지만
꽃을 떠올리며 보았다.
오렌지 한 개
새로 이사한 오피스텔
전원 스위치들이 손에 익을 때까지
오렌지가 보기 좋았다.
한 달쯤 지났을까
오렌지가 그대로였다.
색깔이며 모양까지 그대로였다.
오렌지가 썩지를 않는 것이었다.
늦가을이 왔다.
귤 한 봉지를 사왔다.
작고 못생긴 조생 귤
밤늦게 몇 개 까먹다가
풍란이 있던 자리
오렌지가 있던 자리가 커 보였다.
귤 한 개를 창가에 올려놓았다.
그런데 나흘을 넘기지 못했다.
검은 반점이 조금씩 번지고 있었다.

안에서부터 썩는 것이었다.
썩는 것이 반가웠다.
썩어가는 것을 오래 두고 보았다.
무너지는 귤이 귤꽃으로 보였다.
반가운 검은 꽃으로 보였다.
환한 검은 꽃으로 보였다.

바다는 매일

바다가 올라와 있다.
오호츠크 해 칠레 앞바다에서
잡아올린 물고기가
고층 아파트 23층
아침 식탁에 올라 있다.

명태 등뼈를 발라내며
홍어 무른 살 입안에서 굴리며
먼 바다 캄캄한 심해
그러나 우리 입까지 이어져 있는
아주 멀고 넓은 바다를
생각한다.

우리가 먹는 것이 바다다.
우리가 먹는 것이 땅이다.
하늘이다 지구다.

바다가 내 몸속으로 들어온다.
바다가 내 세포 속에 가득 들어 있다.
내가 우주를 통째로 먹는 것이다.
내가 먹는 것이 바로 나다.

고층 아파트 아침 식탁

바다가 내려간다.
바다가 다시 바다로 가고 있다.

수처작주(隨處作主)

오렌지 향기는 바람에 날리고
하모니카 소리 서녘 하늘을 더욱 붉게 만들고
문 닫은 우체국 앞에서 누군가 손수건을 꺼내고
옛날에 내가 슬퍼했던 일들 이제는 그닥 상스럽지 않고
땅거미는 흑설탕처럼 어두워지고
해가 졌는데도 매미는 잘못했다는 듯이 울어대고
어느 나라에서는 기도하지 않는 사람이 늘어나고
저녁 식탁 한쪽이 식어 있는 집들이 많고
기억상실증에 걸린 아내를 바라보며 남편은 울고
오렌지 향기는 마른 바람에 날리고
가난한 사람들은 가난과 더불어 더 가난해지고
상처받은 사람들은 상처 속으로 들어가 상처가 되고
주일에는 동북아 선교사 파송식이 예정되어 있고
하모니카 소리 소음의 주름에 접히고
늘푸른 침엽수들이 어린 엽록소를 거둬들이고
누군가 오늘이 또하나의 생일이라고
오늘이 살아갈 날들의 첫날이라며 잠 못 들고
끊어진 형광등을 갈려다 생각난 듯 촛불을 켜고
도시는 흡반을 들이대 시골의 피를 빨아먹고
도시에서 추방당한 어둠과 고요가
다목적 수몰 지역에서 네모난 알을 품고
천 대의 대형 여객기가 동시에 날짜변경선을 통과하고
신생아실과 영안실은 오십 미터 정도 떨어져 있고

자본주의는 콜레스테롤 수치가 높아지고
매일 저녁 나는 아침의 나를 만나지 못하고
오렌지 향기는 검은 바람에 날리고
인간은 어떨지 몰라도 인류는 진화하지 않고
인류는 행복보다 불안을 더 애정하고
빅뉴스는 언제나 더 큰 뉴스에 덮이고
내 몸안에서 지구는 팅팅 불어 있고.

순례
—관광 엽서에 급히 씁니다

관광이란 말, 참 그럴싸하지요. 여기 와서 새삼 깨달았습니다.
관광은 빛을 본다는 것인데요. 바리바리 짐을 꾸리지 않는다 해도
일행에서 슬그머니 빠져나와 혼자 골목으로 스며든다 해도
카메라 지도책 따위 들고 다니지 않는다 해도
관광은 관광일 수밖에 없습니다.

방랑자가 아닌 한, 나그네이기를 스스로 선택하지 않는 한
부랑자처럼 길 위에서 잠들지 않는 한, 우리는 여행자조차 못 됩니다.
우리는 우리가 정보에 밝고 경험이 풍부한 까다로운 여행자인 줄 알고 있지만
여권과 신용카드를 잃어버릴까봐 전전긍긍하는 관광객일 따름입니다

무전여행이 여행의 마지막이었지요.
식구들 먹던 밥 차려주던 아주머니, 고이 개켜두었던 잠자리 펴주던 할머니
밤새 사냥하던 이야기 펼쳐놓던 할아버지, 집에서 담근 술을 내놓으며 먼 나라에서 겪은 일을 털어놓던 아저씨
이른 아침 우물가에서 눈을 흘기며 옷매무새를 고치던 볼이 발갛던 섬마을 아가씨는 이제 없습니다.

무전여행이 사라지면서 우리의 성년식, 청춘도 말끔하게 사라졌습니다.

관광객이란 말, 참 그럴듯해요. 빛을 보러 다니는 사람이라는 것인데요.
몸과 마음은 자기 집에 두고 두 눈만 가지고 가기 일쑤입니다.
보고 싶은 것만 보고, 보이는 것만 보고, 보여주는 것만 보는
보이지 않는 것은 절대 보지 않고, 꼭 봐야만 하는 것도 시간이 없다며 보지 않는
신기하고 화려하고 대단한 볼거리만 쫓아다니는 우리는 관광객입니다.
그러다보니, 세계는 관광지와 아직 관광지가 아닌 곳으로 나뉘고
인간은 관광객과 관광을 할 수 없는 도시 유민 두 부류로 구분되었습니다.

관광객은 관광을 하고 나서도 관광객입니다.
집이나 일터에서도, 거리를 걷거나 음식을 먹을 때도, 사람을 만날 때에도
오로지 두 눈만 사용하는 '두 눈 인간'입니다.
두 눈만 살아 있어서, 관광만 하고 있어서, 죽은, 죽어 있

는 인간입니다.

보기에 좋은 것만 보고, 한 번 본 것은 다시 보려 하지 않는 언제나 새로운 것만 보려 하되, 오직 눈으로만 소비하는 관광객입니다.

우리는 이 세상 소풍 온 게 아니고, 관광하러 온 것인지도 모릅니다.

이 세상 나올 때 그런 것처럼 저승 가는 데도 여비가 아주 많이 들게 생겼습니다.

이제는 여비가 없으면 저승도 제대로 못 가게 생겼습니다.

저승 가는 길도 여비에 따라 모든 게 차별화되는 패키지 상품이 되었습니다.

길 위에서 관광객은 남은 돈을 세고

여행자는 더 가야 할 길을 그리워하며 신발을 살핍니다.

우리는 언제 새벽별을 보고 길을 나서는 여행자로 돌아갈 수 있을까요.

우리는 언제 다시 해 지는 낯선 마을로 들어가 마을 사람들의 환대를 받으며 저녁 밥상에 마주앉을 수 있을까요.

이 자리에서 순례자를 떠올리는 것은 무례하다못해 불경스러운 일이겠지요.

자기의 그림자와 함께 묵묵히 길을 걸어나가던 순례자 말입니다.

제 그림자를 보며 태양의 존재를 떠올리던 천지간의 순례자 말입니다.

오래된 마을이 도와주고 하늘과 땅이 응원해주던, 그리하여 끝까지 홀로 걸으며

"나는 결코 혼자가 아니다"라며 길 끝에서 다시 태어나던 순례자 말입니다.

관광산업, 생태관광이란 말도, 참으로 그럴싸합니다.

저탄소 녹색성장의 핵심 동력이라는 것인데요. 오래된 땅과 숲, 호수, 바다

오래된 마을과 동식물을 상품화하는 산업이 미래를 앞당긴다는 기업과 국가의 전략인데……

오늘은 이만 총총. 인솔자가 부르네요.

지구인

저녁에 지구를 너무 많이 먹었다.

속이 더부룩했다.

활명수를 마셨는데도 속이 쓰렸다.

여럿이 광장에 나갔다가

밤늦게 혼자 돌아왔다.

별이 총총했다.

지구가 대장에 멈춰 있는 것 같았다.

밤새 뒤척였다.

아랫배가 딱딱하고 차갑다.

꿈에 30년 전

돌아가신 어머니가 다녀가셨다.

내가 국경이다

공증 받으러 간다, 딸아이 필리핀으로 보내기 위해, 영문으로 된 주민등록등본에, 잘 아는 꽃집에서 빌린 천만 원 넣은 통장 들고, 공증 받으러 간다, 겨울, 광화문 한복판이다, 왼손잡이 장군의 동상 앞, 자동차들이 교차로 안에서 꼬리를 물고 있다.

지하도로 내려서는데, 20여 년 전 나보고 밀항하라던 연극부 선배가 떠올랐다, 파리로 가서 판토마임 학교에 들어가라는 것이었다, 아무도 유학을 꿈꾸지 못하던 시절, 국경을 넘어본 사람이 아무도 없던 시절, 우리들은 모두 섬에 갇혀 있었다, 밀항, 배 밑창, 섬의 바깥.

최전방에서 워싱턴과 모스크바가 만나고 있었다, 최전방을 국토의 최북단으로 알고 있었다, 군사분계선, 섬의 북쪽은 세계에서 가장 깊은 해구였다, 밀항을 하지 못해 늘 밀항을 꿈꾸던 우리들은 한없이 작아졌다.

내일 돌려줘야 하는 천만 원짜리 통장 사본 제출하고 유학 비자 받아 나오는 길, 어린 딸아이에게 필리핀 비행기 티켓을 쥐여주는 손은 과연 누구일까, 누가 호시탐탐 밀항을 도모하던 섬나라 젊은이를 기러기아빠로 만드는 것일까.

모스크바가 사라지자, 국경이 지워졌다, 초국적 기업들의 마케팅 전략이 새로운 국경이었다, 딸아이의 영문 이름이 낯설기만 한 광화문 한복판, 아니 내 마음속이 국경이었다, 멍하니 횡단보도 신호를 기다리는, 세계화의 한복판, 정부종합청사 위에 낮달이 떠 있었다.

아주 낯선 낯익은 이야기 3

숨을 들이마실 때마다
허파에 집중하며
가슴에 있는 풍선을 분다고
생각해보라.

밥을 넘길 때마다
소화기관을 떠올리며
처음 봄소풍 가는 딸아이
도시락을 싸주는 거라고

무엇인가 볼 때마다
다음 생을 위해
사진을 찍어두는 거라고

별을 올려다볼 때마다
저 별빛 중 하나가
천 년 전에 출발해
이제 막 도착하는 거라고
이제 막 지구를 스쳐가는 거라고
생각해보라.

내 몸과 나는
얼마나 멀고 가까운가.

너와 나는
얼마나 신비롭고
거룩한 것인가.

디아스포라

봄이 오는 두만강 보려고
두만강 한가운데
보이지 않는 국경을 보려고
연변에 갔다.

연길국제공항에서 보았다.
얼굴을 바꾸면 인생이 바뀝니다—
공항 입국장 벽에 걸린
큼지막한 성형외과 한글 광고

도문 숭선 남평
두만강 건너는 다리 위
노랗게 그어진 국경을 보았다.
왼발을 걸쳐도 보았다.
그림자는 국경을 넘어가 있었다.
두만강은 곳곳에서 개울물이었다.
북녘 사람들이 보였다.
간혹 웃는 얼굴들도 있었다.

연길국제공항 출국장에서
성형외과 광고를 뒤집어 읽었다.
인생을 바꾸어야 얼굴이 바뀝니다—

두만강 북쪽에서
우리들은 역사를 바꾸지 못해서
얼굴을 바꾸지 못했다.
여권에 박혀 있는 몇 년 전 얼굴을
바꾸지 못한 채 우리는 돌아왔다.

얼굴을 바꾸고도
인생을 바꾸지 못한 젊은이들이 북적대는
서울로 서울의 황사 속으로.

다시 디아스포라

오프라 윈프리 쇼에서 보았다.
미국에 정착한 르완다 난민 출신 여대생이
토크쇼가 끝날 무렵 말했다.
역사가 반복되는 것이 아니라
우리가 역사를 반복하는 것이라고,
나는 세상을 바꾸지는 못하지만
한 사람은 바꿀 수 있다고,
카메라를 보며 또박또박 말했다.

한국에서 태어나
아직도 서울에 정착하지 못했으니
나 역시 난민이었다.
나는 내국 디아스포라였다.

서울에서 서울에 정착하지 못한 나는
종이 위에 쓴다.
한 사람을 바꿀 수 없어서
나는 세상을 바꿀 수 없다고,
아니, 나는 나를 바꿀 수 없어서
한 사람을 바꾸지 못했다고,
그래서 역사가 반복되는 것이라고,
그래서 우리가 우리를 반복하는 것이라고,
하얀 종이 위에 또박또박 쓴다.

또박또박 쓴 종이를 구기며 다시 말한다.
나는 한국에 서울에 정착하고 싶었다라고,
아니, 나는 오직 나에게 정착하고 싶었다라고,
또박또박 말한다.

빨간 볼펜

난감했습니다. 남측 문인들이 사진을 찍기 위해 하나둘 자리에서 일어서는데, 북측 문인들은 꿈쩍도 하지 않는 것이었습니다.

2006년 10월 30일 오후, 금강산호텔. 6·15민족문학인협회가 분단 이후 처음으로 결성식을 마치고 기념 촬영을 하려던 순간이었습니다. 남측 문인들이 엉거주춤 서 있는 사이, 북측 문인들이 소극장 밖으로 나가는 것이었습니다. 함께 사진을 찍을 수 없다는 것이었습니다.

함께 결성식을 했는데, 모국어 공동체를 위해 남북이 함께 첫발을 내디뎠는데, 전쟁에 반대하고 평화적 통일을 옹호한다며 함께 박수를 쳤는데, 사진은 함께 찍을 수 없다? 이해하기 어려운 상황이었습니다.

"혹시 빨간 볼펜 보신 분 없으세요?"

그때, 뒤쪽 출입구에서 여성의 목소리가 들려왔습니다. 낭랑한 서울 말씨였습니다. 북측 문인이 앉아 있던 다 열과 남측 문인이 앉아 있는 가운데 나 열 사이 통로에서 난 소리였습니다. 어색하기 그지없던 장내 분위기가 일순간 깨졌습니다. 누군가는 웃었고, 또 누군가는 의아해했습니다.

목소리의 주인공은, 아, 북측에도 잘 알려진 남측 소설가 윤정모 선생님이었습니다. 사진 촬영 같은 것에는 도무지 관심이 없는, 소풍 온 소녀 같은 표정이었습니다. 윤선생님은 자기가 앉았던 자리를 몇 번이나 둘러보았습니다.

그날 밤, 문학의 밤을 마치고 나서야 남과 북의 문인들은 기념 촬영을 했습니다. 알고 보니, 결성식 직후 기념 촬영은 남과 북이 사전에 합의한 사항이 아니어서 무산되었다는 것이었습니다.

다음날 아침, 호텔 복도에서 윤선생님과 마주쳤습니다.

"빨간 볼펜 찾으셨어요?"라고 물었더니, 윤선생님은 웃으며 답했습니다.

"막 손에 익은 건데……" 찾지 못하신 모양이었습니다.

소설가에게, 워드프로세서를 쓰지 않는 소설가에게 손에 익은 펜은 그야말로 생명과 같은 존재입니다. 자기 몸과 다르지 않습니다. 칼보다 강한 펜은 그런 펜일 것입니다. 민족문학인협회 결성식보다, 남북 문인의 기념 촬영보다 손에 익은 한 자루의 펜이 더 소중할지도 모릅니다.

귀경하고 나서야 알았습니다. 저도 손에 익은 오래된 빨간 볼펜 하나를 금강산에 놓고 온 것이었습니다. 새 볼펜을 손에 익히느라 얼마간 또 끙끙대야 할 것 같습니다.

즐거운 하루

60년 만에 남과 북의 작가들이 얼싸안았습니다.
평양에서 백두산 천지에서 묘향산 보현사에서
남쪽의 모국어가 북쪽의 모국어를 만났습니다.
문학의 밤이 문학의 새벽을 위해 건배했습니다.
분단의 저녁이 통일의 아침을 위해 만세를 불렀습니다.
이념과 체제의 경계 위에서 서로 조심했습니다.
나중에는 안내원 동무하고도 친해졌습니다.
내년에는 서울에서 2차 대회를 갖기로 약속했습니다.

6일 동안의 일정을 마치고 다시 고려항공에 올랐습니다.
평양공항에서 인천공항까지 불과 한 시간
평양으로 가는 데는 60년이 걸렸지만
서울로 돌아오는 데는 그냥 한 시간이었습니다.
착륙하자마자 출발할 때 맡겨둔 휴대전화를 돌려받았는데
문자메시지가 여럿 들어와 있었습니다.
식구나 친구들이 도착 시간에 맞춰 보낸 것이겠지요.
로동신문이 펼쳐져 있는 북한 여객기 안에서
얼른 열어보았습니다.

보관된 편지 001
비씨 이문재님, 오늘은 제일비씨 결제일입니다.
즐거운 하루 보내시기 바랍니다. 7/25 12:58pm

보관된 편지 002
〔외환카드〕 이문재님, 카드 대출 이자율 8월 31일까지
4% 포인트 인하. 수신 거부 08088888881 7/25 1:06pm

2005년 7월 25일 오후 4시
나는 성큼성큼
입국 수속을 밟았습니다.

우리는 섬나라 사람
—이상엽 사진전 '이상한 숲'에 부쳐*

여기는 섬나라다.

반도가 아니다. 삼면이, 삼면만 바다로 둘러싸인 섬나라. 이 형용모순이 우리의 지독한 현실이다.

여기 섬의 북쪽을 보라.

반도의 남쪽을 섬으로 만든 북해는 바닷물이 없는 이상한 바다, 민간인이 접근할 수 없는 죽은 바다다. 저 바다는 해안선이 한 치의 빈틈도 없이 철책으로 둘러쳐졌다. 인간이 조성한 가장 삼엄한 해안이다. 그리하여 여기 남한의 북해는 인간이 살 수 없는 극지다. 세계의 끝이다.

이곳은 섬나라다.

국제열차가 통과하지 않아서 섬나라다. 아시아하이웨이가 연결되지 않아서 섬나라다. 해외라는 단어가 전혀 낯설지 않은 것도 이곳이 섬나라이기 때문이다. 해외여행을 외국여행이라고 고쳐 써야 한다고 주장하는 이가 거의 없는 것도 우리나라가 섬나라이기 때문이다.

섬의 북쪽은 양면이 바다로 둘러싸인 반도다.

이 비논리 또한 우리의 불편한 진실이다. 남한의 북해가 북한의 남해다. 남한을 섬나라로, 북한을 반도로 만든 이상한 바다, 북해이면서 남해인 저 바다를 우리는 비무장지대(DMZ)라고 부른다. 비무장지대는 그러나 비무장지대가 아니다. 남과 북의 가장 강력한 군사력이 결집, 대치하고 있는 과잉무장지대, 무장증강지대다. 비무장지대는 완충지대가 아니라 전면적 충돌 가능성이 상존하는 긴장지대다.

지독한 역설은 또 있다.

대한민국 헌법은, 우리의 영토가 한반도와 그 부속 도서라고 못박고 있지만, 우리는 남쪽에서 북쪽으로 한 발자국도 들여놓을 수 없다. 남쪽에서도 북쪽을 반기지 않는다. 헌법과 현실의 불일치가 우리의 집단 무의식을 불구화하는 근원 가운데 하나다. 우리는 삼면이 바다로 둘러싸인, 대륙과 연결된 반도에 사는 섬나라 사람이다. 양면이 바다로 둘러싸인 북쪽도 마찬가지다.

* 이상엽의 사진전 '이상한 숲'은 2010년 서울 류가헌에서 열렸다. 사진전 팸플릿에 실렸던 글을 조금 손본 것이다. 대한민국이 섬나라라는 표현은 졸시 「경원선」에도 나온다.

해설

지금 여기가 맨 앞인 이유

—고층 빌딩 속의 어부왕들을 위하여

신형철(문학평론가)

들어가며
—아포리즘에 대하여

시에서 아포리즘의 평판은 좋지 않다. 아포리즘은, 인간과 세계의 가장 깊은 곳까지(시인 이성복의 표현을 빌리자면 어떤 '불가능'에 부딪치는 지점까지) 탐사해 들어가지 않고 적당한 곳에서 멈출 때만 쓰일 수 있는 것이라고, 그래서 그것은 어떤 타협의 산물일 수밖에 없다고 생각하는 이들이 있다. 그럴 때 아포리즘은 (부정적인 의미에서의) 대중성의 표지처럼 간주된다. 확실히 그런 경우가 있겠으나, 언제나 그런 것은 물론 아니다. 그리고 나로 말할 것 같으면, 아포리즘보다는 중언부언과 지리멸렬이 언제나 더 견디기 힘들다. 불가능의 지점에서 좌초해버린 언어인 양 위장하고 있지만 사실은 사유 능력의 부재를 감추고 있을 뿐인 저 중언부언과 지리멸렬의 말들은 아포리즘보다 독자를 더 많이 속인다. 이번 시집에서 시인 이문재는 자주 아포리즘에 기댄다. 사라 코프만은 니체의 아포리즘 스타일이 "저속한 무리들을 내쫓는" 기능을 한다는 요지의 말을 한 적이 있는데,[1] 이문재의 의식적인 아포리즘들은 양 극단의 독자들—인용하기 좋은 아포리즘을 찾기 위해서만 시집을 펴는 이들과 아포리즘이라면 무턱대고 폄하하는 성급하고 독선적인 이

1) 사라 코프만, 『니체와 은유』(1972). 알렉산더 네하마스, 『니체—문학으로서의 삶』(책세상, 1994), 34~35쪽에서 재인용.

들—을 제외한 나머지 독자들과 진지한 대화를 나누고 싶어하는 것처럼 보인다. 시집을 펼치면 두 편의 짧은 시가 독자를 맞이한다.

사막에
모래보다 더 많은 것이 있다.
모래와 모래 사이다.

사막에는
모래보다
모래와 모래 사이가 더 많다.

모래와 모래 사이에
사이가 더 많아서
모래는 사막에 사는 것이다.

오래된 일이다.

—「사막」 전문

'사막에 가장 많은 것은 모래다'라는 것은 그냥 게으른 상식이고, '사막에 모래보다 더 많은 것이 있는데 그것은 모래와 모래 사이다'라는 것은 이 시가 생산해낸 시적 인식이다. (이 인식을 강조하기 위해 시인은 같은 내용을 두 번이나 적었는데, 보다시피 1연과 2연은 사실상 반복이다.) 물론 시적 인식은 과학적 인식과 일치하지 않는다. 도대체가 사막에서는 "모래와 모래 사이"라는 표현이 성립될 수 없다. 모래알과 모래알 사이에 무슨 공간적 틈이 있단 말인가. 게다가 그 틈이 모래보다 "더 많다"는 식의 표현은 문법적으로도 어리둥절하다. 그러나 한국어에서 '사이'라는 말이 '공간'을 뜻하는 말이면서 동시에 '관계'를 뜻하는 말이라는 점을 떠올리고 나면, 이 시인이 신선하게도 사막을 모래와 모래가 관계를 맺고 있는 곳으로 인식하고 있다는 것을 깨닫게 되고, "모래보다/ 모래와 모래 사이가 더 많다"라는 말도 개별 개체 그 자체보다는 개체 간 관계가 더 중요하다는 말로 이해할 수 있게 된다. 이상의 내용을 요약하면 이렇다. '관계는 개체보다 더 많다.' 시인은 그 뒤에 "오래된 일이다"라고 적었는데, 그 뒤에는 '우리만 몰랐을 뿐'이라는 말이 생략돼 있을 것이다. 아래 시는 더 짧다.

어떤 경우에는
내가 이 세상 앞에서
그저 한 사람에 불과하지만

어떤 경우에는
내가 어느 한 사람에게
세상 전부가 될 때가 있다.

어떤 경우에도
우리는 한 사람이고
한 세상이다.

—「어떤 경우」 전문

이 시는 시인 자신이 말미에 밝혀놓은 대로 빌 윌슨의 아포리즘인 "To the world you may be one person, but to one person you may be the world"에서 시작되었다. 이렇게 옮기면 될 것이다. "세상에게 당신은 (단지) 한 사람일지 모른다. 그러나 한 사람에게 당신은 세상일 수도 있다." 두 문장으로 돼 있지만 앞의 문장은 뒤의 문장에 도착하기 위한 것이니까 결국 다시 한 문장으로 줄일 수 있다. '당신은 누군가에게 세상 전부일 수 있다.' 시 1~2연의 내용이 이와 거의 같다. 그렇다면 이 시는 저 아포리즘을 단지 풀어 쓴 것에 불과한 것인가? 그렇다면 이건 너무 쉬운 시쓰기가 아닌가? 아니다. 시인은 원래의 아포리즘에는 없는 한 문장을 마지막에 덧붙였다. "어떤 경우에도/ 우리는 한 사람이고/ 한 세상이다." 이 문장 덕분에 이 시는 원래의 아포리즘을 넘어선다. 'but'(……사람이지만, ……세상이다)을 'and'(……사람이고, ……세상이다)로 바꿔서 두 문장의 위상을 대등한 것으로 만들었고, 또 "어떤 경우에도"를 앞으로 빼내서 거기에 방점이 찍히도록 했다. '우리는 한 사람이고 또 한 세상이다. 어떤 경우에도 말이다.' 그러니까 이 시는 '어떤 경우에도 우리는 아무것도 아니지 않다'라는 인식을 생산해냈다. 이것은 보기만큼 그리 만만한 인식이 아니다. 우리 모두는 소중한 존재다, 라는 식의 단순한 얘기를 하고 있는 것이 아니기 때문이다.

'상업적인' 시집이 다량의 달콤한 아포리즘을 포함하고 있는 것은 사실이지만, 아포리즘을 많이 쓴다고 해서 그것이 곧 '상업적인' 시집이 된다고 말할 수는 없다. 인간과 세계의 깊은 곳까지 들어가서 생산해낸 인식을 구조적으로 잘 짜인 문장에 압축해 담고자 할 때 그 문장은 때로 스스로 아포리즘이 되려는 경향을 드러내기도 한다. 시가 생산해낼 수 있는 여러 종류의 인식이 있으며 그중 특정 유형의 인식은 본질적으로 아포리즘적일 수 있다는 뜻이다. 그렇다면 이와 같은 잠언(箴言) 지향은 시의 본래적 기질 중 하나라고 해야 한다. (우리가 동서고금의 많은 명시들을 한두 줄의 아포리즘으로 기억하는 경우가 많다는 것은 그 증거 중 하나다.) 위에서 언급한 두 편의 시를 내가 잘못 읽은 것이 아니라면, 이문재의 아포리즘은, 특정한 유형의 인식을 생산해내는, 좋은 아포리즘이다. 언뜻 빤한 얘기를 하는 것처럼 보이는 구절들이 오래 들여다볼수록 점점 더 어려워진다는 것은 (그 반대의 경우와는 달리) 매우 바람직한 일이다. (이런 경우, 좋은 글을 읽었을 때 우리에게 벌어지는 일은 몰랐던 것을 알게 되는 일이 아니라 알았던 것을 모르게 되는 일이다, 라고 말할 수 있게 된다.)

시인 이문재의 의식적인 아포리즘 사용이 흥미로운 것은 이런 맥락에서다. 나는 그가 오늘날의 한국 시에 중요한 질문을 던지고 있는 것이 아닐까, 하고 짐작한다. 시의 '인식적 가치'에 대한 전반적인 불신과 무기력에 항의하고 있는 것이 아닐까, 하고 넘겨짚어본다. 저 두 편의 시를 시집 맨 앞에 놓아둔 것도 이런 취지에서가 아닐까, 하고 추리해본다. 그러나 그의 이 선택을 지지하면서도 한편으로 나는 불안한데, 어쩌면 호불호가 엇갈릴 이런 시들 앞에서 '불호'에 가까운 감정을 느낀 이들이 이 시집에 수록돼 있는 다른 시들(여러 편의 걸작들!)에 대해 성급한 판단을 내리지나 않을까 싶어서다. 많은 뛰어난 시들이 총 네 개의 부에 골고루 흩어져 있다. 1부는 온통 봄인데, 이 시집이 출간되는 계절에 맞는 인사를 독자들과 나누자는 취지일지도 모르겠지만 그것만은 아닐 것이다. 2부는 십 년만의 경과보고다. 지난 시집 『제국호텔』이 출간된 해가 2004년인데, 십 년 동안의 마음의 이력이랄까, 그간 몸으로 얻은 중년의 삶에 대한 깨달음을 여기에 모은 것 같다. 3부는 문학의 근원적 대주제인 '사랑'과 '죽음'에 대한 탐구에 바쳐진 연작시들로 구성돼 있다. 4부에는 이 세계의 병을 진단하고 약을 구하려는 노력 속에서 쓰인 시들, 즉 좋은 의미에서 사회학적이라고 할 만한 시들이 모여 있다.

1부 봄의 시들이 시인에 대해 알려주는 것들
—'헤어져야 함'과 '헤어질 수 없음'의 사이에서

이미 적은 대로 봄의 시들을 시집 맨 앞에 도열시킨 것은 출간 예정일을 고려한 시인의 배려이겠지만, 1부를 온전히 봄의 시들로 채울 수 있을 만큼 애초 봄에 대한 시들을 이토록 많이 썼다는 사실 자체부터가 흥미롭다면 흥미로운 일이다.[2] 1부에서 특히 빼어난 시 두 편을 고르라면 「봄 편지」와 「달밤」을 선택해야 할 것인데, 공통점과 차이점이 있다. 둘 다 아름다운 봄의 시일뿐만 아니라 봄날의 '작별'을 소재로 쓰였다는 점이 같고, 그 작별을 치러내는 방식이 대조적이라는 점이 다르다. 후자에 대해서 말해보자. 프로이트 이래로 (정상적) '애도'와 (병리적) '우울'을 구별하는 식의 발상이 널리 받아들여지고 있는데, 전자가 떠난 이를 마음속에서 한 번 더 떠나보내고 삶에 복귀하는 일에 성공하는 경우라면, 후자는 상실을 끝내 인정하지 않고 버티다가 제 자신을 놓아버리고 마는 경우다. (물론 이와 같은 일도양단에

2) 이런 고백을 참고해볼 만하겠다. "내가 기억하고 있는 최초의 기억들은 다 내가 혼자 있는 풍경이었다. 방문을 활짝 열어놓은 안방에서 건전지를 갖고 혼자 놀던 봄날, 그 방바닥의 서늘함이 지금도 생생하다. 마당에서 썰매에 올라 앉아 혼자 놀던 때도 봄날이었다. 만질만질하던 마당의 표면은 기름져 보여서 먹으면 소화가 될 것 같았다."(「자전적 에세이—내 생을 지배해온 '막내 · 고아' 의식」, 『2003년 제17회 소월시문학상 작품집』, 문학사상, 2002)

대한 반발도 만만치 않지만 많은 개별 사례들을 자기 자리에 잘 배치하기 위해서는 두 개의 가상적 극단이 필요한 것도 사실이다.) 가장 뛰어난 두 편의 시가 이 두 태도를 범례적으로 보여준다는 점이 단순한 우연이지는 않을 것이다.

사월의 귀밑머리가 젖어 있다.
밤새 봄비가 다녀가신 모양이다.
연한 초록
잠깐 당신을 생각했다.

떨어지는 꽃잎과
새로 나오는 이파리가
비교적 잘 헤어지고 있다.

접이우산 접고
정오를 건너가는데
봄비 그친 세상 속으로
라일락 향기가 한 칸 더 밝아진다.

스마트폰으로
동영상을 찍으려다 말았다.

미간이 순해진다.

멀리 있던 것들이
어느새 가까이 와 있다.

저녁까지 혼자 걸어도
유월의 맨 앞까지 혼자 걸어도
오른켠이 허전하지 않을 것 같다.

당신의 오른켠도 연일 안녕하실 것이다.

—「봄 편지」 전문

밤새 봄비가 내린 어느 날 아침, 세상의 "연한 초록"을 보며 '나'는 "잠깐 당신을" 생각한다. 그런데 이 "잠깐"이 중요하다. 이제는 '잠깐만' 생각할 수 있게 되었고, 또 자기가 그랬다는 것을 스스로 의식할 수도 있다. 그럴 수 있을 만큼의 시간이 흐른 것이다. (모든 작별은 두 번 이루어져야 한다. 먼저 당신과 헤어져야 하고, 당신과 헤어졌다는 사실과도 헤어져야 한다. 이 시의 '나'는 두번째 작별의 와중에 있다.) 그래서 2연에서 '나'는 이런 말을 자기도 모르게 중얼거리고 있는 것이다. "떨어지는 꽃잎과/ 새로 나오는 이파리가/ 비교적 잘 헤어지고 있다." 삶이 어떤 새로운 단계로 접어들었음을 알리듯, 무슨 신호처럼, 이런 일도 벌어진다. "라일락 향기가 한 칸 더 밝아진다."(향기를 시각화하는 멋진 표현!) 이렇게 또하나의 작별을 겪어냈다. 다 알고 있다시피 나이를 먹는다는 것은 작별해야 할 것들이 점점 많아진다는 것이고 또 그걸 받아들여야만 한다는 것이다. 이 시의 '나'는 바로 지금 그것을 실감했고, 봄비 맞은 세상이 투명해지듯, 삶을 보는 그의 시선도 맑아졌다. "멀리 있던 것들이/ 어느새 가까이 와 있다." 그래서 이제는 함께 걸을 사람이 오른쪽에 없어도 허전하지 않을 것 같다는 생각이 든다. 물론 이것은 어느 특별한 봄날 아침의 느낌이다. 한 번의 느낌만으로 인간이 바뀌지는 않는다. 봄날의 아침이 아니라 달밤에는 다음 시에서처럼 전혀 다른 느낌에 사로잡힐 수도 있는 것이다.

은어떼 올라온다는데
열나흘 달빛이 물길 열어준다는데
누가 제 키보다 큰 투망을 메고
불어나는 강가에 서 있는데
물그림자 만들어놓고 나무들 잠들어
북상하던 꽃소식도 강가에 누웠는데
매화 꽃잎 몇 장 잊었다는 듯
늦었다는 듯 수면으로 뛰어드는데
누군가 떠나서 혼자 남은 사람

여울 여울물 속은 들여다보지 않고
달빛 속에서 달빛 속으로

휘익 그물을 던지는 것인데
공중에서 끝까지 펴진 그물이
여름 꽃처럼 만개한 그물이
순간 수면을 움켜쥐는 것인데
움켜쥐자마자 가라앉는 것인데
시린 세모시 치마 한 폭
물속에 잠기는 것 같았는데
달빛도 뒤엉켜 뛰어드는 것 같았는데

은어떼 다 올라간 봄날
누군가 돌아오지 않아
내내 혼자였던 사람
투망에 걸려 둥실 떠올랐다는데.

—「달밤」 전문

1년을 사는 은어는 9~10월에 태어나 바다로 나아갔다가 이듬해 3~4월에 하천으로 되돌아오는데 은어낚시는 그때 한다. 은어떼가 올라오는 시점이라 했으니 시의 배경은 봄이다. 봄의 강을 음력 14일의 환한 달이 비추고 있다. 그러니까 어느 봄밤의 은어낚시 풍경인가? 그런데 1연의 끝부분을 보면 분위기가 심상하지 않다. 시인의 눈-카메라가 문득 매화 꽃잎을 비춘다. 물위로 떨어지는 매화를 보여주면서 시인은, 매화가 "잊었다는 듯/ 늦었다는 듯" 수면으로 뛰어든다, 라고 적었다. 시인이 '뛰어든다'라고 적었으므로, 우리는, 이어 화면에 잡히는 한 사람의 모습을 불길한 심정으로 바라보게 된다. "누군가 떠나서 혼자 남은 사람"은 은어낚시를 하러 봄밤의 강에 서 있는 것 같지가 않다. 2연에서 시인은 그 사람이 "달빛 속에서 달빛 속으로/ 휘익 그물을" 던졌다고 적었지만, 아니나 다를까, 그가 던진 것은 그물이 아니라 자신의 몸이다. 요컨대 2연이 그리고 있는 것은 사랑을 잃은 슬픔을 이기지 못해 세모시 치마를 입고 강에 와 서 있는 한 여자의 투신이다. 3연은 은어떼가 다 올라간 뒤인 어느 늦봄에 그녀가 투망에 걸려 올라온 장면을 후일담처럼 보여주면서 이 아름다운 죽음의 시를 마무리한다.

이 두 편의 시를 각각 '봄낮의 시'와 '봄밤의 시'라 분류할 수 있다. 낮에는 그대와 잘 헤어질 수 있을 것만 같은데, 밤에는 그대를 따라 나도 강물에 투신하고 싶어진다. 만화방창하는 봄날에 이토록 작별을 고민해야 하는 이유란 무엇인가. T. S. 엘리엇은 저 유명한 「황무지」(1922)를 그 시보다 더 유명한 첫 구절인 "4월은 가장 잔인한 달(April is the cruellest month)"이라는 문장으로 시작하고 있지만, 어쩌면 봄에 작별을 가장 많이 생각하게 되는 것이 '중년성'의 한 본질이라고 말해야 옳을까. 앞의 시가 "비교적 잘 헤어지고" 있는 사람의 (애도의) 시라면, 뒤의 시는 "누군가 떠나서 혼자 남은" 후 그것을 감당해내지 못하는 어떤 이의 (우울의) 시다. 전자는 1인칭의 자기 진술이고 후자는 3인칭에 대한 관찰이지만, 결국은 둘 다 시인 자신의 이야기라고 나는 읽는다. 시인 이문재는 『제국호텔』 이후의 십 년 동안 이번 시집에 수록돼 있는 시를 쓰면서 사십대에서 오십대의 나이로 넘어왔고, 그 와중에 '헤어져야 한다'와 '헤어질 수 없다' 사이를 정직하게 방황했을 것이며, 그 마음의 구조들을 시로 표현하는 데에도 많은 노력을 기울였을 것이다. 그와 같은 노력으로 쓰인 내성(內省) 혹은 자성(自省)의 시들이 2부에 묶여 있다.

2부 중년, 천둥이 들려준 말

—고층 빌딩 속의 어부왕을 위하여

마른 번개가 쳤다.
12시 방향이었다.

너는 너의 인생을 읽어보았느냐.
몇 번이나 소리 내어 읽어보았느냐.

—「천둥」 전문

나는 이 시가 2부의 맨 앞에 있었으면 좋았겠다고 생각한다. 2부의 키워드를 '중년성'으로 잡은 나의 눈에는 이 시가 2부의 서시처럼 보인다. 이 시에서 『우파니샤드』의 저 천둥

소리를 떠올리는 사람은 나뿐만이 아닐 것이다. 엘리엇이 「황무지」 말미에 인용하고 재해석하여 더 널리 알려지기도 했거니와, 『우파니샤드』는 천둥소리를 "다(da)"라는 음향으로 듣고 그 소리를 세 가지 의미로, 신의 세 가지 가르침으로 해석한다. "다타"(datta, give), "다야드밤"(dayadhvam, sympathize), "담야타"(damyata, control). 즉, 주라, 공감하라, 다스리라. 물론 이것은 『우파니샤드』의 해석일 뿐이다. 천둥소리를 어떻게 듣고 해석할지는 천차만별일 것인데, 왜냐하면 그것은 우리 내면의 은밀한 요구와 연관된 말로 들릴 가능성이 높기 때문이다. 가장 듣고 싶은 말이거나 듣기 싫은 말로 말이다. 이 시인의 경우 천둥의 말은 "읽으라"로 들렸던 모양이다. 그래서 문득 이렇게 돌아보는 것이다. '나는 내 인생을 읽어보았던가, 몇 번이나 소리 내어 읽어보았던가.' 이제는 내 인생에 대한 독서가 필요할 때라는, 천둥 같은 깨달음.

이 독서의 키워드가 '중년성'이다. 중년의 삐걱대는 육체, 무뎌진 감각, 빛바랜 동경 등이 모두 그 독서의 대상이다. 허리를 다치고 몸을 재발견한 뒤에 "내 삶도 전반전이 끝나 있었다"는 것을 인정하기도 하고(「허리에게 말걸기」), 살아가는 일의 행복과 불행의 징후들을 온몸의 감각들로 흡수했던 (그러나 지금은 더이상 나의 것이 아닌) 그 시절을 회상하면서 내 '감각의 제국'이 모두 몰락해버렸음을 탄식하기도 하며(「감각의 제국」), 9층에 있는 일곱 평짜리 오피스텔에서 홀로 밥을 먹다가, 한때 동경했던 것들이 모두 속화되고 있다는 서글픔을 느끼며 "내가 애달파했던 것이 더 이상/ 상스러워지지 않았으면 한다는 생각"을 하기도 한다(「산세베리아」). 이제는 중견 시인이라는 호칭이 어색하지 않은 한 사람의 예술가로서의 '나'에 대한 독서도 더러 있는데, 「예술가」「너는 내 운명」「문자메시지」 같은 시들에는 미묘한 냉소와 자책이 스며들어 있다. "형, 백만 원 부쳤어./ 내가 열심히 일해서 번 돈이야./ 나쁜 데 써도 돼./ 형은 우리나라 최고 시인이잖아."(「문자메시지」) "형"의 답신이 적혀 있지 않아서 더 쓸쓸한 이 시를 보니 지난 십 년 중 어느 시절에 이 시인은 동생 테오에게 손을 벌리면서 자신이 화가라는 사실에 통렬한 애증을 느껴야 했던 고흐의 처지를 이해할 수밖에 없는 상황을 통과했던 적이 있었을지도 모르겠다는 생각이 든다. 그리고 이런 시가 있는데, '나'에 대한 독후감으로서는 가장 심오한 경우가 아닌가 싶다.

> 내 안에도 많지만
> 바깥에도 많다.
>
> 현금보다 카드가 더 많은 지갑도 나다.
> 삼 년 전 포스터가 들어 있는 가죽가방도 나다.
> 이사할 때 테이프로 봉해둔 책상 맨 아래 서랍
> 패스트푸드가 썩고 있는 냉장고 속도 다 나다.
> 바깥에 내가 더 많다.

내가 먹는 것은 벌써부터 나였다.
내가 믿어온 것도 나였고
내가 결코 믿을 수 없다고 했던 것도 나였다.
죽기 전에 가보고 싶은 안데스 소금호수
바이칼 마른풀로 된 섬
샹그릴라를 에돌아가는 차마고도도 나다.
먼 곳에 내가 더 많다.

그때 힘이 없어
용서를 빌지 못했던 그 사람도 아직 나다.
그때 용기가 없어
고백하지 못한 그 사람도 여전히 나다.
돌에 새기지 못해 잊어버린
그 많은 은혜도 다 나다.

아직도
내가 낯설어하는 내가 더 있다.

—「밖에 더 많다」 전문

이 시의 1연 앞에는 유명한 다음 구절이 생략돼 있는 것인지도 모른다. "내 속엔 내가 너무도 많아 당신의 쉴 곳 없네."(하덕규, 「가시나무」) 이 구절을 이어받으면서 시인은 말문을 연다. "내 안에도 많지만/ 바깥에도 많다." '바깥에 있는 나'란 무엇일까. 이에 대한 설명을 제시하는 대신 시인은 '바깥에 있는 나'의 세 유형을 말한다. 내가 관계 맺은 물건도 나이고(2연), 내가 품고 있는 욕망도 나이며(3연), 과거라는 시간 속에만 존재하는 기억도 나다(4연). (상황의 성격을 비교해본다면, 2연은 일상성 안에서 퇴락한 나, 3연은 "먼 곳"을 동경하는 나, 4연은 "그때"에 대한 회한에 사로잡힌 나에 대해 말한다고 정리할 수도 있겠다.) 지난 몇 년 동안, '나'를 읽으면서 이 시인은 독특한 존재론적 명제를 이끌어냈다. '나는 바깥에도 있다. 아니, 바깥에 더 많다.' 이 문재가 발견한 이 '나'를 무엇이라 불러야 할까. 예컨대 '탈존(脫存)'이라는 용어를 처음 사용한 것은 후기 하이데거였고, 이 말은 인간만이 '존재'와의 본질적 관련 속에 던져져 있어서 '존재'를 이해할 수 있다는 것을 적시하기 위한 것이었다.[3] 그런데 위의 시가 포착한 인간은 여러 곳에 있는 다양한 자기 모습을 전부 다 수습하여 통합하지 못하는, 그래서 자기 자신과의 근원적 낯설음에 평생 시달려야 하는 존재이니, 이런 면모를 '외존(外存)'이라 부르면 될까. 그러고 보니 2부에서 가장 뛰어난 작품 두 편을 고르라면 「자작령」과

3) "존재의 '밝음(Lichtung)' 안에 서 있음을 나는 인간의 탈-존(Ek-sistenz)이라 명명한다. 이러한 있음의 양식은 인간에게만 고유하다."(「휴머니즘 서간」(1946), 『이정표 2』, 이선일 옮김, 한길사, 2005, 135쪽)

「천렵」일 것인데[4], 이 두 편이 공히 낯선 자기 자신과 대면하여 이루어지는 재생 혹은 갱생의 체험을 이야기하고 있는 것은 우연이 아닐 것이다.

자작령은 가장 높은 곳에서 굽이를 버리고
긴 경사를 버리고 접시안테나 같은 우묵한 분지였다.
너보다 우리보다 내가 먼저 온 것이다.
자작령이 다시 급한 경사와 굽이를 시작하기 전에
내가 먼저 무릎 꿇어 엎드려야 하는 것이다.
접시 같은 분지가 한곳에 초점을 만들어놓고 있었다.
보이지 않는 저 한 점이 자작령 정수리였다.
산탄처럼 퍼져나가던 빛이 한 점에서 만나고 있었다.
빛이 다시 모여 뜨거운 강렬한 열로 만나고 있었다.
내가 먼저 저 한 점에다 죄다 꺼내놓았으니
죄보다 독했던 오해에서 치명적이었던 무관심까지
본능보다 길숙했던 욕심까지 다 끄집어내 불태웠으니
나였던 모든 것을 바치고 무릎 꿇었으니
오라 직선으로 치고 오지 말고 굽이와 경사를 따라오라.
네가 너였던 우리가 우리였던 것 그대로
어서 오라 자작령 영마루 옴팡한 정수리로 오라.

---

4) 여기서 「물의 결가부좌」를 거론하지 않은 것은 이 시는 2부에서 가장 뛰어난 작품인 것이 아니라 이 시집을 통틀어서 가장 뛰어난 시이기 때문이다.

빛이 다시 열로 만나는 한 점 작은 태양으로 오라.
새로 태어난 새카만 흰 태양으로 오라.

—「자작령」 부분

우리가 이 시를 읽고 고은의 「자작나무 숲으로 가서」를 떠올렸다면 이것이 두 시인 중 누구에게도 결례는 아닐 것이라고 믿는다. 단지 '자작나무' 때문만이 아니라 주제 면에서도 그렇다. "나는 어린 시절에 이미 늙어버렸다. 여기 와서 나는 또 태어나야 한다." 이것은 선배 시인의 시에서 절정에 해당하는 선언이다. 후배 시인의 유사한 선언은 '빛'과 '열'의 이미지를 동반한다. 자작령 꼭대기는 "접시안테나 같은 우묵한 분지"였다. 그래서 시인은 그곳에서 빛이 한 점에 모여 뭔가를 불태울 수 있을 것이라고 생각한다.[5] 빛이 열로 바뀌는 그 한 점에다가 시인은 자신이 태워야 할 것들을 꺼내놓는다. "죄보다 독했던 오해"와 "치명적이었던 무관심"과 "본능보다 깊숙했던 욕심" 같은 것들 말이다. 이를 다시 한마디로 줄이면 "나였던 모든 것"이 된다. (물론 이것들은 '천둥의 명령'을 듣고 시인이 자기 자신을 읽어 알아낸 것들이다.) 그것들을 새까맣게 태우고 시인은 다시 태어

5) 사실 빛을 모으는 작용을 하는 것은 오목렌즈가 아니라 볼록렌즈이므로 "우묵한 분지"에서 불을 기대할 수는 없지만, 지금 우리에게 중요한 것은 물리학적 사실이 아니라 시인이 경험한 그 순간의 진실이니까 문제될 것은 없겠다.

났다. "새로 태어난 새카만 흰 태양"이라는 불가능한 이미지에는 죽음("새까만")과 태어남("흰")이 공존하는데, 이것은 자작령 분지에서 죽은/태어난 이 시인의 모습을 은유하며 이 시를 장엄하게 닫는다.

그곳이 자작나무 숲이건 아니건, 내 안의 어떤 것들이 죽고 새로 태어날 때가 있다. 제임스 조이스식으로 말하면, 그것은 인식론적 에피파니가 아니라 존재론적 에피파니다.[6] 그러니까 뭔가를 깨닫는 체험이 아니라 뭔가가 되는 체험이다. 그 벅차오르는 1인칭의 체험을 시로 옮겨 적는 일은 시인이 시로서 전달할 수 있는 가장 숭고한 순간에 대해 말하는 일이 된다. 그 순간은 홀로 있을 때 에피파니처럼 찾아오는 경험이기도 하겠지만, 여럿이 함께하는 천렵(川獵, 냇물에서 고기를 잡는 일)에서도 어쩌면 가능할지 모르는 일이다. 2부의 맨 마지막에 배치된 시 「천렵」은, 「자작령」의 끝부분에서 누군지도 모를 이에게 "오라"라고 말하던 시인이, 이번에는 자신과 같은 나이를 통과하고 있는 동창들에게 소집을 통보하는 문자메시지를 보내는 장면으로 시작된

---

6) 에피파니(Epiphany)란 동방박사들의 방문일, 즉 예수님이 세상에 모습을 드러낸 날인 공현축일(1월 6일)을 가리키는 말인데, 이것이 '신적인 것의 현현(顯現)'을 뜻하는 말로 일반화되었고, 제임스 조이스에 이르러서는 '계시와도 같은 각성의 순간'을 지칭하는 말로 사용된 바 있다. 본문에서 '존재론적 에피파니' 운운한 것은, 신성한 체험이기는 하되 '각성'보다는 '재생'에 더 가까운 사건을 설명해보기 위한 궁여지책이다.

다. "문자메시지 다들 받았을 줄 안다./ 다음 주말 천렵이다." 거두절미여서 설레는 긴장이 감도는 도입부다. 남편이나 가장이기를 그만두고, 갑도 을도 아닌 채로, 빈 몸으로 와서 맨몸으로 만나자고 말한다. 자작령 분지에서 태워버린 그것들을 이번에는 바위 위에 널어 말리자고 말한다. 그런데 천렵의 한창중에는 아래처럼 분위기가 미묘해지는 순간이 오기도 한다.

너는 또 그 노래를 부르는다.
너는 또 고개를 외로 꺾고 꺼억꺼억 웃음 웃는다.
기어코 죽은 친구의 이름을 외치는다.
오랜만에 너는 너로 돌아가 있는다.
좋아 보인다 좋아 보이지 않는다.
여름산 여름계곡 여름 지난 청춘들
제대로 충전을 해보지 못한 상한 충전지들
알콜의 힘으로 기억의 힘으로 젊어져 박박 우겨댄다.
문자메시지 다들 받았을 줄 안다.
여름 천렵 당분간 없을 것이다.

—「천렵」 부분

청년 시절을 함께 보낸 이들이 모여 있자니 불현듯 과거가 되돌아오는 것이다. (이문재는 『제국호텔』에 수록돼 있는 「소금 창고」에서 이렇게 적기도 했었다. "나는 마흔 살/

옛날은 가는 게 아니고/ 이렇게 자꾸 오는 것이었다.") 그래서 누구는 오래전 함께 불렀던 "그 노래"를 부르고, 누구는 특유의 기괴한 웃음을 웃고, 누구는 "죽은 친구의 이름"을 부른다. "또"와 "기어코"라는 부사는 이 일들이 예전에도 반복된 것이어서 으레 일어날 법한 것이었다는 뉘앙스가 담겨 있다. 그러니까 그들은 "또" 혹은 "기어코" 과거로 되돌아가고 있는 것이다. "오랜만에 너는 너로 돌아가 있는다." ('-는다'라는 어미에는 '역시나 그러는구나'라는 감탄과 '꼭 그래야만 하는가'라는 원망이 뒤섞여 있다. 자주 사용되지 않는 이 어미를 이 시는 매우 효과적으로 활용한다.) 과거의 일들이라고 다 추억인 것이 아니라 때로는 회한이기도 한 것이어서 옛 친구들이 저마다 과거로 돌아가 있는 모습을 보는 일은 시인에게 복합적인 감정을 불러일으킨다. 그래서 그는 "좋아 보인다"와 "좋아 보이지 않는다"를 동시에 쓸 수밖에 없었을 것이다. 그러나 이렇게 "박박" 우겨서라도 과거로 돌아가지 않으면, 이렇게라도 다시 태어나지 않으면, 어떻게 앞으로 나아갈 수 있단 말인가. 이 상처 입은 어부왕(fisher king)들이 저 천렵에서 낚은 것은 물고기가 아니라 자기 자신일지도 모를 일이다.[7] 천둥의 부름을 받아 쓰인 2부가 이렇게 끝이 난다.

---

7) 아시다시피 어부왕은 '아서왕 전설'의 중요 등장인물로, 사타구니 혹은 넓적다리에 상처를 입어 성적 능력을 상실한 채 무력하게 낚시에 몰두하고 있는 왕인데, 그의 이 상실은 세계의 불모화를 초

3부 우리 시대를 위한 두 개의 사유 주제
—사랑(손)과 죽음(집)에 대하여

'나'의 중년성에 대한 탐구가 이제 시대의 불모성에 대한 탐구로 넘어간다. 탐구의 방향에 대한 힌트는 이미 주어졌는데, 1부에 세번째로 수록된 시 「오래된 기도」로 되돌아가보면 된다. "가만히 눈을 감기만 해도/ 기도하는 것이다." 이렇게 시작되는 이 시는 세속적 세계를 살아가면서 우리가 성스러움에 가닿을 수 있는 실천적 지침들을 제시하는데, "섬과 섬 사이를 두 눈으로 이어주기만 해도/ 그믐달의 어두운 부분을 바라보기만 해도/ 우리는 기도하는 것이다"와 같은 아름다운 구절들이 이어지는 와중에, 이런 말들을 숨겨놓고 있다. "왼손으로 오른손을 감싸기만 해도/ 맞잡은 두 손을 가슴 앞에 모으기만 해도" 기도하는 것이고, "나의 죽음은 언제나 나의 삶과 동행하고 있다는/ 평범한 진리를 인정하기

래한 원인으로 돼 있어서 그를 치유하고 세계를 구원하기 위해서는 성배(聖杯)를 찾아야 한다는 것이 '어부왕 이야기'의 골자다. 인용하기 새삼스럽지만 참고삼아 적어두자면, 엘리엇은 「황무지」 3절 '불의 설교' 앞부분에 1차 대전 이후 폐허가 된 유럽 당대의 어부왕 이미지를 이렇게 제시한다. "어느 겨울 저녁 가스 공장 뒤를 돌아/ 음산한 운하에서 낚시질을 하며/ 형(兄)왕의 난파와 그에 앞서 죽은 부(父)왕의 생각에 잠겨 있을 때,/ 쥐 한 마리가 흙투성이 배를 끌면서/ 강둑 풀밭을 슬며시 기어갔다."(황동규 옮김, 『황무지』, 민음사, 1974)

만 해도" 기도하는 것이라고. 이 두 구절에 주목해야 한다. 앞의 구절은 '맞잡은 손'에 대해서, 뒤의 구절은 '삶과 동행하는 죽음'에 대해서 적고 있는데, 바로 이 두 모티프에 대한 성찰이 그 깊이와 넓이를 확보한 끝에 3부에 수록된 시들로 나타난 것이라고 말할 수 있기 때문이다. 당겨 말하면 3부는 손 연작과 죽음 연작으로 이루어져 있다. 먼저 손에 대해서 말하자. 이 시인이 어쩌다가 손에 관심을 갖게 되었는지를 짐작할 수 있게 하는 시가 있다.

손이 하는 일은
다른 손을 찾는 것이다.

마음이 마음에게 지고
내가 나인 것이
시끄러워 견딜 수 없을 때
내가 네가 아닌 것이
견딜 수 없이 시끄러울 때

그리하여 탈진해서
온종일 누워 있을 때 보라.
여기가 삶의 끝인 것 같을 때
내가 나를 떠날 것 같을 때
손을 보라.

왼손은 늘 오른손을 찾고
두 손은 다른 손을 찾고 있었다.
손은 늘 따로 혼자 있었다.
빈손이 가장 무거웠다.

겨우 몸을 일으켜
생수 한 모금 마시며 알았다.
모든 진정한 고마움에는
독약 같은 미량의 미안함이 묻어 있다.
고맙다는 말은 따로 혼자 있지 못한다.
고맙고 미안하다고 말해야 한다.

엊저녁 너는 고마움이었고
오늘 아침 나는 미안함이다.
손이 하는 일은
결국 다른 손을 찾는 것이다.
오른손이 왼손을 찾아
가슴 앞에서 가지런해지는 까닭은
빈손이 그토록 무겁기 때문이다.
미안함이 그토록 무겁기 때문이다.

—「손은 손을 찾는다」 전문

아주 간단해 보이지만 그게 또 그렇지가 않은 시 중 하나다. (이 글의 '들어가며'에서 말한 대로, 이문재의 이번 시집에는 이런 시들이 많다.) 언뜻 보면 4연이 다른 연들과 동떨어진 것처럼 보이기 때문이다.[8] 4연 앞까지는 "손이 하는 일은/ 다른 손을 찾는 것이다"라는 첫 구절에 대한 부연 설명처럼 보인다. 이 아포리즘은 어렵지 않다. 나의 손은 서로 잡으려는 경향이 있고, 나의 손 전체는 다른 사람의 손을 찾아 잡으려 한다는 것. 그냥 그렇구나 하고 넘어갈 수도 있을 문장들이다. 이것만 이해하면 이 시 전체를 다 읽은 것이라고 생각할 수도 있을 것 같다. 그러나 위에서 눈여겨봐야 할 것은 그 리드 센텐스(lead sentence)가 아니라 다른 부분이다. 저 깨달음이 시인에게 다가온 순간, 뒤집어 말하면, 저 아포리즘이 더 진실이 되는 그런 특별한 순간이 있다는 것. 그 순간을 가리키는 표현은 "내가 나인 것이/ 시끄러워 견딜 수 없을 때" "내가 네가 아닌 것이/ 견딜 수 없이 시끄러울 때" "여기가 삶의 끝인 것 같을 때" "내가 나를 떠날 것 같을 때" 등이다. 이 구절들이 숨기고 있는 감정은 무엇인가. 내가 네가 아니라 나인 것이 너무 싫어서 내가 나 자신을 버리고만 싶고 이제 그만 살았으면 싶은 마음이 되는 때는, 미안한 때다.

8) 이미 발표한 어느 글(「반성, 몽상, 실천—이문재 시의 근황」, 『느낌의 공동체』, 문학동네, 2011)에서 이 시를 다루었을 때 나는 '동떨어진 것처럼 보이는' 4연을 간과함으로써 이 시를 절반만 읽고 말았다. 그 실수를 여기서 정정한다.

그러니까 '손이 손을 찾는' 일은 미안한 상황에서 벌어진다. 미안할 때, 나의 왼손과 오른손은 서로 맞잡는다. 미안할 때, 나는 네 손을 찾아 부여잡는다. (한 번 생각해보라. 정말 그렇다. 이것은 논리적·개념적으로가 아니라 경험적·육체적으로 이해해야 할 종류의 인식이다.) 그래서 3연의 끝에는 이런 의미심장한 문장이 있다. "빈손이 가장 무거웠다." 미안한 상황인데도 다른 손을 잡고 있지 않을 때에는 그 미안함의 무게가 배가되기 때문에 빈손이 가장 무거운 것이다. 여기까지가 '기'와 '승'의 단계라면 4연은 시의 흐름을 살짝 꺾는다. '미안할 때, 손이 손을 찾는다.'(1~3연) 여기에다가 다음 인식을 덧붙인다. '손과 손이 짝을 이루듯, 미안함도 다른 감정과 짝을 이룰 때가 있다. 그 감정은 고마움이다.'(4연) 미안함과 고마움은 짝이다. 미안함이 늘 고마움인 것은 아니지만, 고마움은 늘 미안함이기도 하다는 것. 그래서 우리는 흔히 '고맙고 미안하다'라고 말한다는 것. 1~3연의 내용을 4연에서 전환·보충한 다음 5연의 종합·정리로 시는 끝난다.

손에 대한 사유는 이렇게 '고마움과 미안함'이라는 감정에 대한 사유와 연결돼 있는 것이었다. 아니 거꾸로 말해야 하리라. 고마움과 미안함의 관계에 대해 생각하지 않을 수 없었던 어느 날 아침에("엊저녁 너는……/ 오늘 아침 나는……") 시인은 자신의 두 손을 보며 손에 대한 생각을 시작하게 되었을 것이다. 나는 이 시가 '손 연작시'의 출발점이 아닌가 짐작한다. 이로부터 손에 대한 생각은 뻗어나가기 시작해서 다음과 같은 주제들에 이른다. 첫째, 손의 주체론. "나는 손이다./ 나는 손이었고 손이어야 한다."(「손의 백서」) 둘째, 손의 입장에서 본 문명비판론. "손을 쓰지 않는다./ 손 사용법을 잃어버렸다./ 손이 도구와 멀어지자 사람이 생명과 멀어졌다./ 손이 자연과 멀어지자 사람과 사람 사이도 멀어졌다."(「손의 백서」) 문명비판론은 눈이 지배하는 남자의 시대에서 손이 지배하는 여자의 시대로 전환되어야 한다는 주장으로도 이어진다(「아주 낯선 낯익은 이야기」). 그리고 마지막으로, 손의 사랑론. "사랑은 눈이 아니다./ 가슴이 아니다./ 사랑은 손이다./ 손을 잃으면/ 모든 것을 잃는다."(「사랑이 나가다」) 그러나 이 시에는 단정만 있지 설득이 없는데, 우리가 기대하는 그것은 「아직 손을 잡지 않았다면」에 있다. 손을 잡는 순간 사랑이 "두 사람 사이에서 두 사람 안으로" 들어간다는 이 시의 한 구절이 내게는 쉽고 또 어렵다.

한편, 죽음에 대해서라면 "나의 죽음은 언제나 나의 삶과 동행하고 있다"(「오래된 기도」)라는 문장에서 출발하자고 앞에서 말했다. 그러고 보면 이 시 말고도 두어 군데에서 이미 죽음이 등장한 바 있었다. 「봄날 2」(1부)에는 이런 구절이 있다. "내 안에 들어 있던/ 오랜 죽음도 기지개를 켠다./ 내 안팎이/ 나의 태어남과 죽음이/ 지금 여기에서 만나고 있다./ 그리 낯설지 않다." 또 「생일」(2부)에는 이런 구절이 있다. "그러고 보니/ 오늘 나와 함께 태어난/ 내 죽음도 쉰세 살/ 내 죽음도 쉰세번째 가을/ 어서 드시게." 두 시의 제목을 눈여겨보기로 하자. 그러니까 이 시인은 '봄'에, 그리고 '생일'에 죽음에 대해 생각한다. 죽음과 가장 거리가 먼 순간에 오히려 죽음을 떠올려야 한다는 것. 왜냐하면 삶은 삶과 가장 거리가 먼 죽음에 대해 떠올릴 때 가장 삶다워지기 때문이라는 것. 이 두 편의 시가 말해주고 있는 내용은 우리에게 낯선 것이 아니다. 그러나 이런 사태를 다음과 같이 간결하고 적확한 두 개의 문장으로 공표하는 일은 시의 몫이자 시인의 권능이다. 첫째, "죽음이 죽었다."(「백서」) 둘째, "죽음은 살아 있어야 한다."(「백서 2」)

죽음이 죽었다.
삶이 죽음을 인정하지 못해서
죽음이 삶을 간섭하지 못해서

삶이 죽음과
함께 살지 못해서
죽음이 죽음으로 살지 못했다.
죽음이 죽지 못하고 죽어서
삶이 삶으로 살지 못했다.

—「백서」 부분

죽음은 살아 있어야 한다.

죽음이 삶 곁에 살아 있어야 한다.
죽음이 생생하게 살아 있어야
삶이 팽팽해진다.
죽음이 수시로 말을 걸어와야
살아 있음이 온전해진다.

—「백서 2」 부분

『존재와 시간』(1924)에서 인간을 '죽음을 향한 존재(Sein zum Tode)'라 규정했을 때 하이데거는 인간이 누구나 죽는다는 당연한 사실을 말하려고 한 것이 아니라, 인간만이 죽음이라는 가장 확실한 가능성을 인식할 줄 알고 그것에 모종의 태도를 취할 수 있는 존재라는 점을 강조하려고 한 것이었다. 그런데 이 태도는 '본래적인' 것과 '비본래적인' 것으로 나눌 수 있다고도 했다. 죽음을 잊고 그로부터 도망쳐서 결국 일상적인 것들에 매몰되고 마는 것이 비본래적인 태도이고, 죽음을 늘 의식하면서 그것에 근거해 삶의 의미와 그 방향을 고민하는 것이 본래적인 태도라는 것. 이런 맥락에서 하이데거라면 우리 시대가 죽음에 대해 취하고 있는 비본래적인 태도를 본래적인 태도로 전환해야 한다고 말했을 법한 대목에서 우리의 시인은 단 두 개의 문장으로 이 모든 말들을 이렇게 관통한다. **죽음이 죽었다, 그러므로 죽음을 살려야 한다.** 죽음에 대한 이런 사유가 집에 대한 사유로도 이어진다는 점을 덧붙여 적어두자. 시인은 「집이 집에 없다」에서 "집이 집을 나갔다"라는 기묘한 문장을 적은 다음, "집이 집을 나가자/ 죽음이 도처에서/ 저 혼자 죽어 가기 시작했다"라고 덧붙였는데, 이는 오늘날 죽음과 관련된 모든 절차들이 병원과 같은 외부 공간에 맡겨지면서, 죽음을 수락하고 모시고 관조하면서 이루어지는 모든 의미화 작업조차 더불어 붕괴된 상황을 근심하는 구절로 읽힌다. 이제 마지막 4부가 남아 있다. 그리고 이 마지막이 가장 구체적이다.

4부 지금 여기가 맨 앞인 이유
—시인의, 시공간의 사회학

나무는 끝이 시작이다.
언제나 끝에서 시작한다.
실뿌리에서 잔가지 우듬지
새순에서 꽃 열매에 이르기까지
나무는 전부 끝이 시작이다.

지금 여기가 맨 끝이다.
나무 땅 물 바람 햇빛도
저마다 모두 맨 끝이어서 맨 앞이다.
기억 그리움 고독 절망 눈물 분노도

꿈 희망 공감 연민 연대도 사랑도
역사 시대 문명 진화 지구 우주도
지금 여기가 맨 앞이다.

지금 여기 내가 정면이다.

—「지금 여기가 맨 앞」 전문

4부의 첫머리에 놓여 있는 시다. 제목보다 먼저 나오는 것은 그것과 반대되는 문장이다. "지금 여기가 맨 끝이다." 이것은 지금-여기가 맨 끝이라고 간주하는 의식이다. "맨 끝"이란 공간적으로는 벼랑을, 시간적으로는 종말을 뜻할 것이다. 우리는 지금 벼랑 끝에 서서 종말을 앞두고 있는 것일까. 그럴지도 모른다고 '위협'하는 사상을 우리는 적잖이 보아왔다. 그러나 이 시는 저 벼랑의식 혹은 종말의식을 (바로 이럴 때 쓰는 말이거니와) 변증법적으로 뒤집어서 그것을 일종의 전위의식으로 바꿔버린다. "맨 끝이어서 맨 앞이다." 맨 끝에 있으므로 우리는 공간적으로 선두가 될 수 있고 시간적으로는 선구가 될 수 있다는 것. 이런 인식과 더불어 4부의 시들은 '지금-여기'에 대한 구체적인 진단과 비판, 반성, 다짐, 권유로 돼 있다. 좋은 의미에서 사회학적인 문제의식을 기반으로 쓰인 시들이 모여 있다고 할 수 있는데, '시공간의 사회학'이라고 할까, 시인은 특정한 시공간 속에서 문득 멈춰 서서는 "맨 끝"과 "맨 앞"이라는 화두를 붙들고 생각에 잠긴다. 누구나 그럴 수 있는 것은 아니다. 시인에 따르면 시공간을 체험하는 방식에도 최소한 세 가지가 있기 때문이다. 세상에는 관광객, 여행자, 순례자가 있다.

길 위에서 관광객은 남은 돈을 세고
여행자는 더 가야 할 길을 그리워하며 신발을 살핍니다.
우리는 언제 새벽별을 보고 길을 나서는 여행자로 돌아갈 수 있을까요.
우리는 언제 다시 해 지는 낯선 마을로 들어가 마을 사람들의 환대를 받으며 저녁 밥상에 마주앉을 수 있을까요.

이 자리에서 순례자를 떠올리는 것은 무례하다못해 불경스러운 일이겠지요.
자기의 그림자와 함께 묵묵히 길을 걸어나가던 순례자 말입니다.
제 그림자를 보며 태양의 존재를 떠올리던 천지간의 순례자 말입니다.
오래된 마을이 도와주고 하늘과 땅이 응원해주던, 그리하여 끝까지 홀로 걸으며
'나는 결코 혼자가 아니다'라며 길 끝에서 다시 태어나던 순례자 말입니다.

—「순례—관광엽서에 급히 씁니다」 부분

시인의 말대로 순례자가 '길 끝에서 다시 태어나는' 존재라면, 우리가 지금-여기에 대한 순례자가 되지 않을 경우 "맨 끝"은 "맨 앞"이 되지 못할 것이다. 맨 끝에서 맨 앞을 도모하기 위해 우리의 시인은 '시공간의 사회학'을 멈추지 않는다. 먼저 그는 국경에 대해 생각한다. 땅들 사이의 경계는 상상력이 멈추는 바로 그 지점에 그어지는 것임을 깨달을 때 그는 "내 마음속이 국경이었다"라고 탄식하고(「내가 국경이다」), 분단체제하에서 우리가 북쪽이 막혀 있다고 믿을 때 한국은 그저 섬나라일 뿐이라고 예리하게 꼬집기도 하며(「우리는 섬나라 사람」), 하필 연길국제공항에서 성형외과 광고를 본 뒤에는 "우리들은 역사를 바꾸지 못해서/얼굴을 바꾸지 못했다"라고 자조하고(「디아스포라」), 서울에 정착하지 못한 자신에게 "내국 디아스포라"라는 쓸쓸한 이름을 붙여주기도 한다(「다시 디아스포라」). 또 그는 지구에 대해서도 자주 생각한다. 23층 아파트 아침식사 탁자에 올라온 생선 요리를 보면서 지금 23층에 바다가 올라와 있고 자신은 바다를 먹는 것이라고 생각하고(「바다는 매일」), "식탁이 지구다"(「독실한 경우」)라는 생각을 거쳐, 결국 이런 절묘한 문장을 써내기도 한다. "저녁에 지구를 너무 많이 먹었다."(「지구인」)

어느 곳이나 역사와 권력과 자본에 의해 구획되지 않은 공간이라고는 없는 것처럼 보인다. 그러나 언제나 그렇듯, 완전히 그렇지는 않다. 시 「금줄」의 내용이 이렇다. 자신이 살고 있는 아파트 베란다에 시인은 올챙이 두어 마리와 달팽이와 금붕어 등을 놔두었던 모양이다. 며칠 집을 비우느라 베란다를 돌보지 못했는데 오랜만에 들여다보니 올챙이가 개구리가 되어 있고 달팽이도 함께 기어다니고 금붕어도 물 밖으로 튀어나오고 있더라는 것. "죽어라고 살아낸 것"이었고 "맹렬하게 번식한 것"이었다. 시인은 경탄하며 적는다. "이 엄연한 생태를 보아라". 그래서 언제나 가장 위험한 존재인 인간이 행여 그 생태계를 짓밟을까봐 시인은 베란다에 금줄을 치고 "출입 제한구역"을 선포한다. 이 에피소드의 요점은 결국 이런 것이 아닐까. '권력과 자본의 외부는 없지 않다. 그 외부는 내부 안에 있다.' 이제 우리는 '공간-주체-실천'이라는 도식을 상정해볼 수 있다. 그리고 공간의 내부에서 외부를 만들기 위한 주체적 실천의 방법에 대해 상상해볼 수 있다. 이와 관련하여 가장 감동적인 사례가 「사막에 나무를 심었다」에 나온다. "중국 네이멍구 모래 구릉에 나무를 심어, 10여 년 만에 사막 속에 초원을 일궈낸 인위쩐 부부의 실제 이야기를 바탕으로 재구성한" 시라는 것이 시인의 설명이다. 마지막 두 연을 옮긴다.

> 꿈에 아버지가 모래 구릉에 나무를 심고 있었다.
> 물을 오래 머금은 모래들이 흙으로 변하고 있었다.
> 아버지는 밤마다 꿈에 나타나 사막에 나무를 심었다.
> 창캉창캉 별빛들이 서로 부딪히는 소리가 유난하던 새

벽이었다.

무슨 소리가 들렸다. 사람, 사람의 소리였다.

키가 작은 사람, 반짝이는 두 눈에, 둥글고 작은 얼굴, 여자였다.

모래에 대해 많이 알고 있을 것 같은 여자, 그 여자가 말했다.

오래전, 이 근처에서 발자국을 잃어버렸어요.

오랫동안 저는 발자국이 없었어요.

발자국을 찾으러 왔습니다.

모래의 남자는 양푼 속의 발자국을 보여주었다.

모래의 여자는 모래의 남자와 살기 시작했다.

모래 부부는 새벽같이 일어나 나무를 심기 시작했다.

밤늦게까지 물을 길어와 모래에다 물을 부었다.

모래가 물을 간직하기 시작했다.

풀과 나무가 잎사귀를 내놓기 시작했다.

모래를 움켜진 식물의 뿌리가 부부의 발자국이었다.

이윽고 꽃이 피고, 벌 나비가 날아들었다.

천 리 밖에서 사람들이 찾아와 지붕과 창이 있는 집을 지었다.

모래 부부가 낳은 아들딸들은 모래를 잘 몰랐다.

모래의 아들은 사막 초원의 아버지가 되어 있었다.

—「사막에 나무를 심었다」 부분

이 감동적인 이야기에는 췌언을 덧붙이고 싶지가 않다. 이 시가 시집의 맨 끝에 놓여 있지는 않지만 실질적으로는 마지막 시라고 생각하는 편이 좋을 것 같다. 「사막」으로 시작된 시집이 「사막에 나무를 심었다」로 끝난다면 꽤 그럴듯한 일이다.[9] 다른 이유도 있다. 앞에서도 몇 번 암시한 바 있지만, 나는 이문재의 이번 시집을 엘리엇의 「황무지」와 나란히 놓고 읽어볼 수도 있을 것이라고 생각한다. (물론 이 시집이 우리시대의 「황무지」를 의도한 것이라고까지 말할 생각은 없다.) 「황무지」가 그러하듯이 이 시집도 봄날의 풍경들과 함께 시작되었는데(1부), 이 시집의 '나'는 「황무지」의 5절('천둥이 들려준 말')에서도 울렸던 그 천둥소리를 듣고서 자신의 삶을 돌아보기 시작했고(「천둥」), 그래서 그는 런던의 어느 음산한 운하에서 낚시를 하던 「황무지」의 어부왕처럼 일단 제 자신의 재생을 도모하기 위해 자작령 꼭대기에 오르고 나서는(2부), 역시나 「황무지」의 뭇 주인공들처럼 우리 시대의 사랑과 죽음에 대해 성찰하다가(3부), 더 구체적인 생활세계로 하강하여 이와 같이 대안적 상상력을

9) 이 두 시는 어쩌면 거의 동시에 쓰였을지도 모른다. 앞에서 한 번 인용한 대로 「사막」의 첫 연은 "사막에/ 모래보다 더 많은 것이 있다./ 모래와 모래 사이다"이고, 「사막에 나무를 심었다」의 첫 문장은 "모래와 모래 사이 모래만 있는 곳이었다"이다. 더 분명히 말하자면, 전자는 본래 후자 속에 포함돼 있다가 최종적으로는 독립돼 나온 것처럼 보이기도 한다.

찾고 있는 것이지 않은가(4부). 그렇다면 이 시집이, 사막에 비가 내리며 끝이 나는 「황무지」처럼, 사막이 초원으로 바뀐 저 기적의 순간에 끝이 난대도 좋지 않을까. 다만 과거의 시인이 1차 대전 이후 유럽사회를 보며 '지금 여기가 맨 끝'이라는 생각에 더 잠겨 있었다면, 현재의 시인인 이문재는 '지금 여기가 맨 앞'이라고 생각하기를 스스로 선택한 것이라고 말하면 어떨까. 이 시집은 가장 간절한 간절함으로, 스스로 믿기 위해 주문을 왼다. *지금 여기가 맨 앞이다.*

나가며

—아포리즘을 넘어서

시집의 구조를 순서대로 살폈으니 이제 이야기를 마무리하기 위해 처음으로 돌아가 다시 아포리즘에 대해 말하자면, 앞에서 나는 시가 생산해낼 수 있는 여러 종류의 인식이 있으며 그중 특정 유형의 인식은 본질적으로 아포리즘적일 수 있다고, 그러므로 잠언 지향성은 시의 본래적 기질 중 하나라고 말하면서 이문재의 아포리즘을 (아포리즘 비판자들의 성급한 단정으로부터) 방어했지만, 내가 이번 시집을 통틀어 가장 훌륭하다 생각하기 때문에 지금까지 인용하지 않고 아껴둔 아래 두 편의 시 「물의 결가부좌」(2부)와 「땅끝이 땅의 시작이다」(3부)는, 이문재의 아포리즘이 그의 시쓰기 방법 중 한 가지일 뿐이며 게다가 그것이 그가 구사하는 가장 뛰어난 방법인 것도 아니라는 판단을 유도한다는 점에서 특별히 강조해둘 필요가 있다고 생각하는데, 솔직히 말하자면 두 시의 전문을 고스란히 한 번 옮기고 나서 이 글을 끝내는 것이 유일하게 올바른 마무리라고 생각하지만, 그럴 수는 없어서 여기에 일부분이나마 옮겨 적고 몇 마디 말을 보태려고 한다.

어서 연못으로 나가 보아라.

연못 한 가운데 뗏목 하나 보이느냐, 뗏목 한 가운데 거기 한 남자가 엎드렸던 하얀 마른 자리 보이느냐, 남자가 벗어놓고 간 눈썹이 보이느냐, 연잎보다 커다란 귀가 보이느냐, 연꽃의 지문, 연꽃의 입술 자국이 보이느냐, 연꽃의 단냄새가 바람 끝에 실리느냐.

—「물의 결가부좌」 부분

그래, 바다가 보이느냐.

땅의 끝이 가까워졌느냐, 길이 좁아지느냐, 땅이 다소곳해지더냐, 크게 숨을 들이마셨느냐.

땅 끝에 홀로, 우뚝 섰느냐, 근육은 팽팽한 것이냐, 정신은 훤칠한 것이냐.

그리하여, 바다의 끝이 보이느냐, 경계가 선명하게 보이느냐.

그렇다면, 돌아보지 말거라. 거기가 땅끝이라면 끝내, 돌아서지 말아라, 끝끝내 바다와 맞서거라, 마주하거라.

—「땅끝이 땅의 시작이다」 부분

인간의 세상보다 한 단계 위에 있는 듯한 시점, 계시적일 정도로 장중한 '해라체'의 어조, 조금의 빈틈도 없으면서도 거기에 덧칠을 한 흔적이 없어서 거의 한 호흡에 쓰인 것처럼 자연스러운 리듬…… 등으로 보건대 이 시에서 지금 말을 하고 있는 이는 전직이 인간이었던 신일지도 모른다. 이런 시에 어떤 이름을 붙여야 할지 나는 모르겠지만, 이것이 아포리즘적인 시와 많이 다르다는 것은 알겠다. 이문재의 아포리즘적인 시가 경험적 진실의 세계에 충실하다면, 위의 시에 나오는 '연못'과 '땅끝'은 인간적인 시공간의 범주를 이미 넘어서 있는 세계처럼 보인다. 아포리즘적인 시가 자기가 누구인지를 스스로 정리하면서 앞으로 나아간다면, 이런 시들은 그가 누구인지 우리가 알아챌 것 같은 그 순간에 제 자신을 지우면서 나아간다. 아포리즘적인 시가 발견하여 한 번에 하나씩 제공하는 시적 진실들은 번안과 요약이 얼추 가능하다면, 이런 시는 진실에 진실을 더하고 또다른 진실을 계속 더해나가서 결국엔 제로가 되도록 만들어버리기 때문에 우리는 무언가 굉장한 것을 읽었다는 느낌을 받기는 하지만 아무것도 번안하고 요약할 수가 없다. 아포리즘적인 시는 받아 적게 하는 말이고, 이런 시는 그 자체로 받아 적은 말이다. 위 두 편의 시에 내가 표하는 경의는 이 문재라는 한 시인에게만이 아니라 시라는 장르 자체에 표하는 경의이기도 하다.

이문재 1959년 경기도 김포(현 인천시 서구)에서 나고 자랐다. 1982년 『시운동』 4집에 시를 발표하며 등단했다. 시집으로 『내 젖은 구두 벗어 해에게 보여줄 때』 『산책시편』 『마음의 오지』 『제국호텔』 『지금 여기가 맨 앞』 『혼자의 넓이』가 있고 산문집 『바쁜 것이 게으른 것이다』 『내가 만난 시와 시인』이 있다. 소월시문학상, 지훈문학상, 노작문학상, 김달진문학상 등을 수상했다. 현재 경희대 후마니타스칼리지에서 강의하고 있다.

문학동네시인선 052
지금 여기가 맨 앞

1판 1쇄 2014년 5월 20일
1판 21쇄 2024년 11월 1일

지은이 | 이문재
책임편집 | 김형균
편집 | 김민정 강윤정 김필균
디자인 | 수류산방(樹流山房) 본문 디자인 | 유현아
저작권 | 박지영 형소진 최은진 오서영
마케팅 | 정민호 서지화 한민아 이민경 왕지경 정경주 김수인 김혜원 김하연 김예진
브랜딩 | 함유지 함근아 박민재 김희숙 이송이 박다솔 조다현 정승민 배진성
제작 | 강신은 김동욱 이순호
제작처 | 영신사

펴낸곳 | (주)문학동네
펴낸이 | 김소영
출판등록 | 1993년 10월 22일 제2003-000045호
주소 | 10881 경기도 파주시 회동길 210
전자우편 | editor@munhak.com
대표전화 | 031) 955-8888 팩스 | 031) 955-8855
문의전화 | 031) 955-2696(마케팅), 031) 955-2678(편집)
문학동네카페 | http://cafe.naver.com/mhdn
인스타그램 | @munhakdongne 트위터 | @munhakdongne
북클럽문학동네 | http://bookclubmunhak.com

ISBN 978-89-546-2412-1 03810

잘못된 책은 구입하신 서점에서 교환해드립니다.
기타 교환 문의: 031) 955-2661, 3580

www.munhak.com

문학동네